KB121288

로크미디어가
유혹하는
재미있는 세상

ROK
MEDIA
로크미디어

이것이 법이다

이것이 법이다 164

2023년 7월 17일 초판 1쇄 인쇄
2023년 7월 20일 초판 1쇄 발행

지은이 자카예프
발행인 강준규

기획 이기헌 왕소현 임동관 박경무 강민구 조익현
책임편집 최전경
마케팅지원 이원선

발행처 (주)로크미디어
출판등록 2003년 3월 24일
주소 서울시 마포구 마포대로 45 일진빌딩 6층
Tel (02)3273-5135 **Fax** (02)3273-5134
홈페이지 rokmedia.com **E-mail** rokmedia@empas.com

ⓒ 자카예프, 2015

값 9,000원

ISBN 979-11-408-0298-2 (164권)
ISBN 979-11-255-9575-5 04810 (세트)

이것이 법이다

164

자카예프 장편소설

로크미디어

CONTENTS

정신적인 고문

"이런다고 무너질까?"

오광훈은 좀 떨어진 곳에서 시한원을 지켜보고 있었다.

여자가 차가운 표정으로 몇 마디 하더니 떠나는 게 보였다.

"무너질걸."

"어째서? 사회적으로 고립된다고 해서 반성할 놈들은 아닌 것 같은데."

"지금 내가 하는 건 사회적 고립 같은 게 아니야."

"뭐?"

그 말에 오광훈은 고개를 갸웃했다. 이게 사회적인 고립이 아니면 뭐란 말인가?

하지만 다음 말에 금방 이해가 됐다.

"이건 고립이라기보다는 고문이지. 정신적 고문."

"정신적 고문? 하지만 저놈은 국정원 요원이잖아. 그것도 블랙 요원. 그러면 고문에 대항하는 훈련을 받는 거 아니야?"

"물론 그렇지. 하지만 아직 정신적인 고문에 대항하는 방법에는 한계가 있어. 특히 한국은 더더욱 그렇지. 한국은 정신적인 부분에 대해서는 무척 만만하게 보거든."

아직도 구 일본군처럼 정신력만 있다면 세계 제일이라면서 정신력으로 버티란 소리만 하지, 그걸 버텨 내기 위한 훈련이나 방법은 알려 주지 않는 게 한국의 문화다.

그런 문화가 국정원에 영향을 주지 않았을 리가 없다.

"당장 정신적으로 안정되어 있었다면 국정원 요원들이 타락해서 이 지랄이 나진 않았겠지."

"그런데 이게 고문이라고?"

"그래. 존재의 부정이거든."

국민이 원하든 원치 않든 시한원은 자신이 사람들을 지키고 나라를 지킨다고 생각하고 있을 거다. 그리고 그런 사고방식이 그의 정신을 지탱하는 역할을 하고 있었을 거다.

'내가 가족을 지켜야 한다.' 이것이 죽을 수밖에 없는 전쟁터로 향하는 병사들의 마음이니까.

실제로 이러한 목적성은 병사들의 사기에 엄청난 영향을 끼친다.

역사 속에서 벌어진 수많은 침략 전쟁 중에 병사들의 사기가 떨어져서 진 전쟁이 엄청나게 많다.

그 때문에 설사 침략 전쟁이라고 해도 위정자들은 자신들을 지키는 전쟁이라고 세뇌하는 것이다.

침략 전쟁이라는 걸 인정하는 순간 사기가 바닥을 치기 때문이다.

"그런데 그게 부정당하면 어떻게 되겠어?"

"아하!"

지켜야 할 대상이 자신을 부정하거나 또는 자신 때문에 몰락하는 모습을 보면 사람은 고통받는다.

실제로 자기를 고문할 때는 눈 하나 깜짝하지 않던 놈들이 막상 주변 인물이 고통받으면 포기하는 경우가 제법 많다.

"애석하게도 국정원은 그런 준비가 안 되어 있는 것 같단 말이지."

하긴, 이해되는 일이기는 하다.

애초에 해외 라인은 거의 사라지고 국내 감시와 정치적인 견제의 기능만 남아 있는 국정원이다.

'국정원입니다.'라는 말 한마디에 모두가 설설 기는데 정신적인 방어를 훈련하거나 저항하는 법을 개발, 훈련할 이유가 없다.

지금의 국정원은 저항하지 못하는 사람을 두들겨 팰 줄만 알 뿐, 자기가 맞을 거라고는 생각도 못 하는 권투 선수와 같은 거다.

"맞는 것도 잘 맞을 줄 알아야 버티는 거야."

하지만 그 방법을 모르니 아마 노형진이 날리는 한 방 한 방이 생각보다 아플 거다.

"오래는 못 버틸걸, 아마?"

노형진은 울지도 못하고 멍하니 있는 시한원을 안쓰럽다는 듯 보며 말했다.

시한원은 빠르게 무너지기 시작했다.

그도 그럴 게 이건 전쟁이다.

그리고 뭔가를 지키기 위한 전쟁과 뭔가를 빼앗기 위한 전쟁은 그 느낌이 다를 수밖에 없다.

특히나 그 빼앗는다는 것은 그 과실을 가족이 아닌 제3자 —대개는 정치인—가 먹어 버리는 경우가 대부분이다.

그래서 전략적으로 공격하는 입장에서는 세 배 이상의 인원이 필요하다고 말한다.

그만큼 병사가 적극적으로 싸우려 하지 않기 때문이다.

아무리 시한원이 조국에 충성한다고 해도 지금 자신이 하는 행동이 사실상 대한민국 국민과 조국이 아닌 국정원의 일부만을 위한 거라는 사실을 모를 수가 없다.

그런 상황에서 모든 사람들에게 배신당하기까지 한 그가

과연 버틸 수 있을까?

당연히 무너질 수밖에 없다.

바로 그 상황에서 노형진은 그의 인생을 아예 박살 내기 위해 다가갔다.

"노형진 변호사입니다."

자신을 찾아온 노형진을, 시한원은 두려운 눈빛으로 바라보았다.

그도 그럴 게 이 모든 일의 배후에 노형진이 있다는 것은 예상했으니까.

목욕탕에서 자신을 잡은 것도, 그리고 고발한 것도 다 노형진이다.

물론 만나고 싶지 않았다.

하지만 그렇다고 해서 정말 만나지 않을 수도 없었다.

그는 법적으로 이번 사건을 담당하는 책임 변호사로서 협상의 모든 권한을 가지고 있으니까.

"뭡니까?"

"뭐긴요. 합의하러 왔지."

무해한 듯 미소를 짓고 있는 노형진이었지만 시한원은 피하고 싶었다.

"가세요."

"아, 그래요? 그러면 합의는 거절한 것으로 하겠습니다."

노형진은 만남을 강제할 생각은 없었다. 이쪽이 유리한 상황인데 굳이 만나 달라고 할 이유가 없다.

"이 사실이 언론에 나가면 참 좋아할 겁니다."

그 말에 시한원은 움찔했다. 틀린 말은 아니니까.

그 사고를 치고서 합의도 거부하면 처벌은 더 강해질 수밖에 없다.

그리고 노형진은 범죄자의 인권 따위를 신경 쓰는 사람도 아니다.

'젠장.'

국정원에서 제대로 일했다면 이런 일은 없었을 거다.

하지만 국정원은 시한원을 사실상 버린 상태.

"다시 묻겠습니다. 합의하시겠습니까, 안 하시겠습니까? 기회는 이번뿐입니다. 거절하시면 다시는 찾아오지 않을 겁니다."

그리고 노형진, 아니 마이스터는 온 힘을 다해서 그의 인생을 나락으로 떨어트려 줄 거다.

"부모님이 전주에서 설렁탕집 하시죠? 앞으로도 계속 그걸로 먹고사실 수 있을지 모르겠네요. 아들이 동성애 성향의 성범죄자라는 사실을 그분들도 아십니까?"

그 한마디에 시한원의 눈동자가 흔들렸다.

그렇잖아도 부모님의 귀에 이 이야기가 들어갈까 봐 전전긍긍하던 차다.

도대체 부모님에게 파혼 이야기를 어떻게 해야 한단 말인가? 이미 상견례까지 마친 상황인데.

그런데 심지어 그 이유가, 자신이 게이라는 비밀이 성범죄가 걸리면서 들통났기 때문이라니.

"나한테 이러는 이유가 뭡니까?"

"저한테 그런 짓을 하실 때는 각오를 하셨어야지요."

웃고 있지만 결코 웃지 않는 노형진을 보면서 시한원은 침을 꿀꺽 삼켰다.

결국 그는 자신의 집 문을 열어 줄 수밖에 없었다.

"이야기나 해 봅시다. 들어오세요."

결국 자신의 인생을 구할 수 있는 건 자신뿐이기에 그는 노형진을 집 안으로 들였다.

집 안에 들어온 노형진은 정신없는 방 안을 보면서 혀를 끌끌 찼다.

"국정원 요원이라는 사람이 이렇게나 정신력이 약해서야 뭘 하겠습니까?"

그러자 시한원이 인상을 딱딱하게 굳히며 말했다.

"저는 국정원 요원이 아닙니다. 그냥 회사원일 뿐이에요."

"그래요?"

노형진은 싱글벙글 웃었다.

'뭐, 그렇겠지. 그럴 거야.'

인정할 수가 없을 거다.

그렇기에 노형진이 그를 함정에 빠트릴 수 있는 것이고 말이다.

"그래요? 확신하십니까?"

"뭔 확신요?"

"당신이 국정원 요원이 아니라고 확신하시냐 이 말입니다."

그 말에 시한원은 뭔 개소리를 하느냐는 표정으로 노형진을 바라보았다.

하지만 노형진은 대답하는 대신에 성큼성큼 걸어가 식탁에 딸린 의자에 앉았다.

"그래도 손님으로 온 건데 뭐라도 한 잔 내주시죠. 물이라도 주세요."

"끄응."

짜증 난다는 듯 노려보던 시한원은 유리컵에 수돗물을 담아서 건넸다.

대놓고 이야기하기 싫다는 신호였지만, 노형진은 신경도 쓰지 않고 벌컥벌컥 마셨다.

"요즘 날씨가 엄청 춥더라고요. 여름에 미친 듯이 더웠던 것도 온난화 때문이라던데, 요즘 추운 것도 그 때문이라네요."

그리고 노형진은 시시콜콜한 날씨 문제부터 코델09바이러스 문제까지 온갖 쓰잘머리 없는 이야기를 늘어놓기 시작했다.

무려 30분이나 떠들고 있었기에 시한원은 결국 짜증을 낼 수밖에 없었다.

"도대체 하고 싶은 말이 뭡니까? 합의요? 미안한데 내가 돈이 없어요."

실제로 돈이 없다.

정확하게는, 피해자 쉰 명에게 합의해 줄 돈이 없다.

한 사람당 500만 원씩만 해도 무려 2억 5천만 원이 필요하다.

그런데 그의 전 재산은 이 전셋집까지 합해서 고작 1억뿐이다. 그나마도 대출을 빼고 나면 5천만 원 정도만 남는다.

"아, 그건 나중에 하죠. 좋게 합의할 수도 있으니까. 아니면 국정원에서 줄 수도 있고요. 뭐, 사실 당신한테서 받아 내는 것보다는 국정원에서 받아 내는 게 두둑하기는 하겠죠."

"뭐요?"

말장난에 어이가 없어진 시한원은 노형진을 노려보았다.

합의하기 위해 왔다면서 자꾸 국정원 이야기를 하고 있으니까.

노형진은 대답하는 대신에 힐끔 시계를 보았다. 그리고 웃으며 말했다.

"국정원 요원치고는 참 조심성이 없네요."

"저는 국정원 요원이 아니라니까요."

"뭐, 그렇게 알고 있겠습니다. 하지만 만일의 경우가 있지 않습니까?"

"만일?"

"이런 거죠. 만일 당신이 진짜로 국정원 요원이라면 말이죠……."

노형진은 시선을 돌려서 자신이 들고 온 가방을 바라보았다.

"007가방이라고 하죠. 보통 서류 가방이라고 부르지만 말이죠."

노형진의 의도를 짐작할 수 없었던 시한원은 가만히 그의 말을 들었다.

"저게 말입니다, 현금으로 돈을 넣으면 1만 원권을 기준으로는 딱 1억이 들어가요. 그래서 옛날에는 현금으로 뇌물을 줄 때 많이 썼지요."

싱글벙글 웃으며 말하는 노형진.

그 순간 그 말이 무슨 뜻인지 깨달은 시한원의 눈에는 공포가 서렸다.

아차 싶었지만 이미 상황은 늦어 버렸다.

"그리고 요즘은 5만 원권이 들어가죠. 그럼 5억이라는 소리죠."

아이러니하게도 그 때문에 요즘은 007가방을 뇌물용으로 쓰지 않는다. 채우다 말면 없어 보이기 때문이다.

그렇다고 다 채워서 5억을 주기에는 너무 부담스럽다.

그거 말고도 현금을 주고받는 방법은 많기도 하고.

요즘은 소위 '드롭'이라고 하는, 정해진 장소에 돈을 가져다 두면 약속한 사람이 가지고 가는 방식을 선호한다.

"제가 어제 말입니다, 마이스터 한국 계좌에서 5억을 현금으로 인출했답니다. 딱 5만 원권으로요. 국정원에서 그걸 모를 리가 없겠죠? 아, 물론 당신이 국정원 요원이 아니라면 문제 될 게 없지만요."

국정원은 모를 수가 없다.

5억을 현금으로 인출하는 건 상부에 보고될 수밖에 없다.

그리고 국정원이 노형진과 마이스터를 조사하는 건 비밀도 아니다. 당연히 그 돈이 출금되었다는 걸 알 거다.

"중요한 건 가방이 아니죠."

노형진은 어깨를 으쓱하며 말했다.

중요한 건 가방이 아니다.

이 말은 핵심을 품고 있다.

가방을 가지고 들어갔다고 해서 그게 꼭 뇌물인지는 알 수 없다.

그러나 그렇기에, 국정원은 그게 뇌물일 가능성을 무시하지 못한다.

"하지만 국정원 요원이라면 이게 얼마나 골 때리는 상황인지 아실 겁니다."

가방? 가방이야 도로 가지고 가도 된다. 내용물, 즉 돈만 두고 가면 되니까.

"아, 돈 없으시다고 했죠?"

노형진은 어깨를 으쓱하며 말했다.

"불쌍하신 것 같으니까 제가 대신 합의해 드리죠. 저한테는 2억 5천이라는 돈이 딱히 큰돈이 아니거든요."

그 정도는 노형진에게 초 단위로 벌 수 있는 돈이니 존재감 자체가 없다고 봐도 무방하다.

"하지만 국정원에는 존재감이 제법 세게 박힐 겁니다. 그렇지요?"

"당신, 날 죽이려고 하는 겁니까?"

그런 짓을 하면 국정원은 의심할 거다. 그리고 그에게 캐물을 거다.

물론 시한원은 부정할 테지만, 과연 국정원이 믿을까?

그런 짓을 가장 잘하고 가장 잘 써먹는 곳이 바로 국정원이다. 음모와 속임수, 계략, 국정원 같은 곳이 아니면 누가 쓰겠는가?

문제는 국정원도 그걸 안다는 거다.

그리고 자신들이 그 대상이 되었을 때 어떻게 행동해야 하는지도.

국정원 입장에서는 안전을 위해서라도 시한원을 죽일 수밖에 없다.

"아, 물론 시한원 씨가 국정원 요원이 아니라면 문제 될 게 없죠."

노형진은 어깨를 으쓱하며 말했다.

"하지만 국정원 요원이라면…… 흠, 부모님께서 안전하실지."

국정원은 비밀을 우선시한다. 그리고 그게 지켜지지 못할 경우 모든 수를 다 쓰려고 한다.

그 안에는 가족에 대한 살인도 포함된다.

가족이 물고 늘어지면 상황이 복잡해지기 때문이다.

"이 개새끼야!"

노형진의 멱살을 잡아 올리는 시한원.

"죽이시려고요? 미안해서 어쩌죠? 지금 제 운전기사가 밖에서 기다리고 있는데."

그 말은, 노형진에게 무슨 일이 터지면 시한원이 표적이 될 거라는 뜻이다.

"대한민국에서 뭔 일이 터진다면 그건 전적으로 시한원 씨와 시한원 씨 가족의 책임이 될 겁니다. 두 번째 IMF가 온다는 사실이 알려져도 가족분들이 안전하실지 모르겠네요."

"너…… 이 새끼……."

"뭐, 성범죄자랑 그 가족이 죽는다고 해서 슬퍼할 사람은 별로 없을 것 같기는 합니다만."

그 말에 시한원은 멱살을 놓을 수밖에 없었다. 그리고 그대로 바닥에 철퍽 주저앉았다.

"그만…… 그만……."

"그러면 협상하시죠."

"무슨 협상!"

"진실."

노형진은 시계를 힐끔 보았다. 그리고 말했다.

"30분 지났습니다. 일반적으로 합의를 위한 협상에 한 시간에서 두 시간 정도를 잡죠. 즉, 이제 당신이 거래할 수 있는 시간은 길어 봐야 한 시간 반이 남았다는 겁니다. 그 안에 협상이 이루어지지 않는다면 나는 당신을 대신해서 피해자들에게 합의금을 발송하겠습니다."

"크윽."

선택지가 없었다.

돈은 안 받았다고 말할 수 있지만 노형진이 피해자들에게 합의금을 대신 발송하는 건 막을 방법이 없다.

그런데 그걸 시한원이 보내지 말라고 했다고 한들 과연 국정원에서 믿을까?

더군다나 노형진이 마이스터의 계좌에서 이미 5억이라는 돈을 빼낸 상황에서?

"진실은 뭡니까?"

"사실은…… 저는 국정원 요원이 맞습니다. 블랙 요원입니다."

시한원은 결국 사실을 인정할 수밖에 없었다.

자신이 죽는 거? 두렵지 않다.

하지만 누군가의 욕심 때문에 가족이 희생당하는 건 용납할 수 없는 일이다. 그게 조국과 국민도 아닌 국정원 상부의 욕심을 위해서라면 더더욱 그렇다.

만일 정말로 조국을 위한 것이었다면 시한원은 입을 열지 않았을 거다.

하지만 그게 아닌 걸 알기에 충성을 계속 바칠 수가 없었던 것이다.

"사실은……."

결국 자신이 아는 선 안에서 모든 걸 말한 시한원.

그리고 그건 노형진의 예상에서 그다지 빗나가지 않았다.

'그렇지. 전부를 알려 줄 리가 없지.'

예상대로 시한원은 단순히 아래에서 허드렛일하는 버림패였다.

여차하면 버려도 그만인 최하급 블랙 요원.

그들 스스로야 소리 없는 헌신이라고 표현하지만, 사실 국정원 윗선에는 처분감인 경우가 대부분이었다.

그가 아는 건 단순히 국정원 내부의 기류가 심상치 않다는 것, 그리고 노형진과 오광훈이 감시 대상이라는 것 정도였다.

'오광훈에게 뭔가를 보낸 건 모르는 모양이군.'

시한원은 노형진과 오광훈이 어째서인지 위험인물로 분류되었으며 상부의 지시에 따라 철저하게 감시하고 있다는 것, 다만 노형진도 오광훈도 보안이 워낙 철저해서 접근하기가 쉽지 않았기에 그런 작전을 실행한 것이라고 말했다.

"그러면 내부 분위기는 어떻습니까?"

"내부가…… 불만으로 가득합니다."

"불만으로 가득하다는 거야 저도 알죠."

"그것 말고는 모릅니다."

예상대로였다. 버림패에게 많은 걸 알려 줄 리가 없으니까.

그리고 국정원 요원이라는 특성상 내부에서 회사원들이 떠들 듯이 떠들지도 않을 거다.

특히 블랙 요원의 경우는 심지어 내부 요원들조차도 그의 존재를 모르기 때문에 접할 수 있는 정보에 한계가 있다.

"그러면 저희한테 도움이 되는 게 없네요."

노형진은 고의적으로 차갑게 말했다.

그 말에 시한원의 눈동자가 흔들렸다.

'한 번 무너지기 시작하면 그 후는 걷잡을 수 없는 법이지.'

아예 안 무너졌다면 모를까, 무너진 이상 그는 자기가 살 방법을 찾기 시작할 거다.

"아닙니다. 뭔가 있을 겁니다."

시한원은 노형진의 예상대로 필사적으로 기억을 더듬었다. 그리고 뭔가 생각난 듯 말했다.

"그…… 철수와 영희 요원이 도주 중이라는 것 정도는 알고 있습니다."

"그건 저도 압니다만?"

철수가 그 봉투를 보내지 않았다면 자신들은 아무것도 모르고 국정원의 감시를 받았을 거다.

"철수는 모르겠고 영희 요원은 거의 붙잡았다는 이야기가 있었습니다."

"뭐라고요?"

"원래 그쪽에서 일하다가 급하게 이쪽으로 온 거라……."

국정원 요원들은 본명을 이용하지 않는다.

시한원의 경우는 블랙 요원이지만 형사소송까지 당해서 어쩔 수 없이 실명이 공개된 상황이다.

당연히 영희라는 요원의 실명도 모른다.

하지만 한 가지는 확실하다. 영희는 철수와 같은 파벌이라는 것.

'깊이 생각할 이유도 없지.'

철수와 같이 추적당하고 있다는 것 자체가 그녀도 뭔가를 알았다는 소리다. 그러니 그걸 덮기 위해 국정원에서 추적하는 것이고.

"그래서, 어딥니까?"

"모릅니다."

그 말에 노형진은 눈을 찡그렸다.

그걸 모른다면 지금까지의 대화에 무슨 의미가 있단 말인가?

"지금 절 가지고 노시는 겁니까?"

"아닙니다. 다만 진짜로 정보를 얻었다는 정도만 전달받았습니다. 국정원에서는 최후의 순간까지 정보 누설을 피하기 때문에……."

그런데 영희 요원을 체포하기 직전에 갑자기 이쪽으로 임무가 바뀌었다는 것.

"그럼 마지막으로 들은 정보가 뭡니까?"

"인천을 통해 중국으로 밀입국할 거라는 것이었습니다."

"중국으로?"

"네. 그래서 요원들을 인천으로 싹 투입했습니다."

노형진은 그 말에 고개를 갸웃했다.

물론 그럴 수도 있다. 그럴 수는 있는데…….

'뭔가 이상한데?'

말이 안 되기에 노형진은 눈을 데구루루 굴렸다.

"일단 알겠습니다. 오늘은 여기까지 하죠."

"저기, 저는……."

"공식적으로 합의는 불발된 겁니다. 재판이 시작되면 법원에서 다시 합의를 종용할 테니 그때 봅시다."

노형진은 이후 미련 없이 밖으로 나왔다. 그러면서 머릿속으로 생각을 정리했다.

'인천이라……. 이상한데?'

말도 안 되는 상황이다.

다행히도 그에 대해 알 만한 사람이 있기에 노형진은 운전기사를 재촉했다.

"바로 본사로 들어갑시다. 만날 사람이 있으니까."

⚖

"인천이라 이거죠?"

"네."

"확실히 말이 안 되네요."

노형진의 설명을 들은 김소라는 의심스럽다는 듯 말했다.

"확실한 충성파인 사람이 자기가 추격당한다고 해서 중국으로 도피한다는 건 말이 안 돼요."

"그렇지요? 저도 그런 생각이 들더군요."

노형진이 이상하다고 생각한 부분. 그건 다름 아닌 바로 이 부분이었다.

철수와 영희는 확고한 충성파다. 만일 한국이 누군가에게 먹힌다 해도 한국에서 독립운동을 했으면 했지, 중국으로 도피하는 것은 생각하기 힘든 선택일 거다.

"그런데 왜 중국으로 도피한다고 했을까요?"

"제 생각에는 아무래도 두 사람이나 그들이 속한 파벌이 일종의 속임수를 쓴 것 같은데요."

"속임수라……. 하긴, 그건 가능하죠. 특히 국정원 내부에서 불온한 모습이 보인다면 더더욱 그럴 가능성이 높죠."

김소라는 노형진의 말에 고개를 끄덕거렸다.

그녀는 정치적인 문제나 심리전에 대해서는 잘 모르지만, 상식적으로 조직 내부에 문제가 생긴 것을 빤히 알면서도 영희 요원이 자신의 흔적을 남길 것 같지는 않았다.

"무슨 문제인지 모르겠지만……."

노형진은 그게 꺼림칙했다.

마음에 걸리는 점은 두 가지였다.

하나는 충성파인 두 사람이 자신들의 동선을 속여야 할 정도로 심각한 문제라는 것.

다른 하나는 그들을 왜 국정원에서 쫓느냐는 것.

생각에 잠겨 있던 김소라가 노형진에게 물었다.

"두 사람이 배신할 가능성은 없나요?"

"전혀요."

노형진은 그들의 기억을 읽었다. 그랬기에 그들이 무슨 생각을 했는지 안다.

그들은 침략자와 함께 폭사하라는 명을 기꺼이 따르면 모를까, 대한민국을 배신할 사람들은 아니었다.

"어쩌면 그들이 지금 조직 내부에서 벌어지는 진실에 대해 알아내서 그런 걸지도 몰라요."

"진실?"

"네. 아시겠지만 국정원 내부에도 프로파일러가 있어요."

"그렇지요."

김소라는 경찰 출신이지만 경찰 외에도 프로파일러나 심리학자가 필요한 분야는 많다.

도리어 은밀하게 움직이는 경우가 많은 쪽일수록 변수를 줄이기 위해 상대방을 조심해서 분석해야 한다.

"하지만 최근에는 국정원 내부에서 프로파일러들이 대부분 내쳐진 상태 아닌가요?"

그들은 중요한 인적자원이지만 국정원에 소속된 다른 사람들에게는 자기들의 승진 자리를 노리는 라이벌일 뿐이다.

그래서 실제로 국정원 내부에서는 어지간해서는 그들의 도움을 청하지 않는 분위기가 팽배하다고 한다.

"네, 그것도 있겠지만 다른 것도 있겠지요."

"다른 것?"

"내부에 불온한 움직임이 있다면 그걸 외부에 보일 수는 없으니까요."

"으음……."

"그리고 그 점을 감안하면 국정원이 왜 이렇게 속았는지 알 수 있어요."

"왜입니까?"

"자기들도 그렇게 할 테니까."

"아하! 무슨 소리인지 알 것 같네요."

영희나 철수처럼 충성파가 아니기에 그들은 이권을 차지하기 위해 뭔 짓이든 하려고 한다.

하지만 그렇다고 자신의 목숨을 걸 생각은 전혀 없다.

"그러니까 그런 거군요. '나는 여차하면 중국으로 튈 테니까 저 새끼들도 튀려고 하겠지.'라는."

"그런 거죠. 그런 말이 있잖아요, 부처 눈에는 부처만 보이고 돼지 눈에는 돼지만 보인다는."

"무슨 뜻인지 알겠습니다."

프로파일러에게 분석을 맡길 수 없는 상황에서 정보가 들어왔는데, 자기가 봐도 그럴듯하니까 그에 속아서 죄다 거기에 매달린 거다.

"그렇다면 두 사람은 어디에 있을까요?"

"그건 모르죠. 두 사람에 대해 아는 게 없으니까. 하지만 한 가지는 확실해요. 생각보다 가까이 있을 거예요."

"가까이요?"

"네. 그 봉투가 왔다면서요?"

"네."

"그걸 어떻게 판단하느냐에 따라 그들의 심리가 달라지지만, 제 생각에는 노 변호사님과 오광훈 검사가 국정원 내부에서 벌어지는 일을 막기 위한 카드로 선택된 게 아닐까 싶어요."

"카드라……."

확실히 그럴듯한 분석이다.

그렇지 않고서야 발각의 위험성을 무릅쓰고 피가 묻은 봉투를 보낼 이유가 없다.

"국정원에서도 그걸 알고 있을 테고요."

"맞습니다."

정확하게 아는 건 아니지만 시한원의 말에 따르면 노형진과 오광훈을 위험 분자로 분류해서 계속 감시하고 있다고 하지 않았던가?

물론 새론을 도청하는 건 불가능하겠지만 최소한 노형진과 오광훈이 누구와 접촉하는지 확인하는 정도는 가능할 거다.

"그 말인즉슨 우리가 그들을 찾는 게 아니라 그들이 우리를 찾아오게끔 해야 한다는 거군요."

"우리가 찾는 건 불가능하죠."

새론이 아무리 뛰어나도 국정원보다 뛰어나진 않다. 그들처럼 뭐든 쓸 수 있는 권한이 없으니까.

그러니 국정원조차도 못 찾는 두 사람을 새론에서 찾는 건 불가능하다.

"그러니 역으로 두 요원이 우리에게 접근할 수 있는 기회를 만들어 줘야죠."

"기회라고요?"

"네. 국정원에서 두 사람이 접근하는 걸 알아채지 못할 상황을 만드는 거죠. 문제는 그게 거의 불가능하다는 거지만."

위험 분자로 분류되면 단순히 한두 명이 따라다니는 정도가 아니게 된다.

최소 수십 명이 투입되는데, 그들은 아침에 일어나는 순간부터 누워서 잠드는 순간까지 타깃의 일거수일투족을 감시하고 국정원에 보고한다.

당장 목욕탕에 가짜 성기까지 달고 들어오는 놈들이 그렇게 쉽게 틈을 만들어 줄 리가 없다.

"흠, 그렇다면⋯⋯."

고민하던 노형진은 문득 좋은 생각이 들었다.

"적당한 카드가 있네요, 후후후."

"국정원? 나보고 국정원이랑 싸우란 말인가?"

송정한은 마치 확인이라도 하려는 듯 노형진에게 되물었다.

"싸우시라는 게 아닙니다. 정확하게 표현하자면 그들의 피해자가 되시라는 겁니다."

"아니, 왜?"

"그놈들은 의원님을 싫어하니까요."

"그거야 알지."

안다. 현재 권력을 쥐고 있는 놈들 중에 송정한을 좋아하는 사람은 없다.

"어차피 얼마 후면 선거가 있습니다. 그러니까 이슈를 타는 게 나쁜 건 아니죠."

"그건 그렇지. 이 경우는 피해자니까. 하지만 놈들은 지금 자네를 감시 중인 거 아닌가?"

"아 다르고 어 다른 거죠."

실제로 노형진을 감시하려고 한 놈들이 한두 명이 아니며, 노형진이 그런 놈들을 이용해 역으로 함정을 파서 엿 먹인 것도 한두 번이 아니다.

"솔직히 말해서 내가 자네와 함께 있는 상황에서 그놈들이

잡힌다고 해도 입을 열 리가 없지 않나. 일단 잡을 수니 있는
지는 둘째 치고 말이야."

그들은 노형진을 감시하는 중이다.

반대로 말하면 노형진을 '감시만' 할 뿐이다.

그러니 그 과정에서 송정한과 함께한다 해도 필요 이상 접
근하지는 않을 거라는 소리다.

당연히 그들을 체포해 봐야 국정원 소속이라고 밝힐 리도
없고, 노형진이나 송정한을 감시하는 중이라고 인정할 리도
없다.

"은밀하고 위험한 곳으로 움직인다고 해서 따라올까? 상
대방은 국정원이야."

분명 낌새가 이상하다 싶으면 어느 시점에 멈춰서 더 이상
접근하지 않을 거다.

"그걸 알기에 제가 도움을 받으려고 하는 겁니다."

"무슨 소리인가?"

"그들을 체포할 생각은 없습니다. 그들을 체포한다고 해
도, 말씀하신 것처럼 인정도 하지 않을 테고 처벌도 불가능
할 테니까요."

"알면서 그러나?"

"하지만 그건 저쪽도 알고 있죠."

"뭐?"

"우리한테 필요한 건 국정원을 떨쳐 낼 수 있는 상황이 아

닙니다. 국정원이 우리에게서 떨어질 수밖에 없는 상황이지."

"아하!"

송정한은 아차 싶었다.

노형진은 매번 이런 식으로 함정을 파서 상대방을 엮는 걸 좋아했으니까 이번에도 그럴 거라 생각한 거다.

하지만 이번에는 굳이 그럴 이유가 없다. 애초에 상대방은 그게 불가능한 조직이기도 하고.

"자네 말대로라면, 철수와 영희 요원이 접근하기 위해서는 공개된 공간이어야 한다는 건데……."

다른 국정원 요원들이 접근하는 건 불가능하지만 두 사람은 신분을 감춘 상태에서 은밀하게 접근할 수 있어야 하기에 사람이 많은 곳이어야 한다는 그런 상호 배반적인 상황이 했다.

"그러니까 의원님의 도움이 필요한 겁니다."

"어떻게 말인가? 가짜 국정원 요원이라도 체포해 달라는 건가?"

"그건 곤란하죠."

아무리 그래도 그런 짓을 할 수는 없다.

가짜를 넣는 거야 어렵지 않겠지만 국정원 사칭이라는 특성상 국정원이 자신들 소관이라며 그들의 신병을 받아 가려 할 테니 최악의 경우 사칭하도록 지시한 게 바로 노형진 측이라는 사실이 발각될 가능성이 있다.

"협박당하시면 됩니다."

"협박?"

"네, 어차피 의원님을 싫어하는 사람은 넘쳐 나니까요."

그러면서 노형진은 다음 계획을 설명했다.

송정한은 그 이야기를 들으면서 미소를 지었다.

⚖️

CIA는 노형진과 손잡고 있었기에 그를 위해 약간의 수고를 하는 걸 마다하지 않았다.

물론 심각하거나 위험한 작전이었다면 절대로 용납하지 않을 거다. 하지만 가벼운 거짓말은 힘들지 않다.

오히려 그들에게 거짓말은 밥 먹는 횟수보다 많이 하는 업무일 뿐이었다.

"뭐라고?"

국정원장은 CIA으로부터 들어온 정보에 미칠 것 같은 감정을 감출 수가 없었다.

개판 났다고 욕을 바가지로 먹고 있는데 또 일이 터졌으니까.

"북한에서 송정한 의원을 암살하기 위해 스파이가 들어온 것 같다고?"

"네. CIA는 그럴 가능성이 높다고 보고 있답니다."

"그리고 우리는 그걸 몰랐고?"

"……"

그 말에 국장은 아무런 말도 하지 못했다.

실제로 홍안수 이후로 국정원의 해외 정보 라인은 씨가 말랐고, 지금은 오로지 정치적 보복을 위한 국내 라인만 살아남다시피 한 상황이었기 때문이다.

"미치겠네. 북한 새끼들은 왜 또 그런 짓을 한다는 거야?"

"모르겠습니다."

아무리 북한이라고 해도 뜬금없이 한국 정치인을 죽이겠다고 스파이를 보내지는 않는다.

더군다나 대통령도, 대통령 후보도 아닌 한낱 정치인일 뿐이다. 선거는 시작되지도 않았으니까.

그렇기에 국정원장은 그런 사람을 죽이겠다고 스파이를 보낸다는 게 이해가 되지 않았다.

"그렇게 의심된다고만……."

"말이 된다고 생각해?"

"저희도 모르겠습니다."

"미치겠네. 그래서 송정한 의원은 뭐래? 설마 송 의원한테 말하지 않은 건 아니지?"

"아닙니다."

말을 하지 않을 수는 없다. 송정한 의원은 당사자니까.

"그런데, 북한의 협박 따위에 굴할 생각이 없다고 단호하게 선을 그었습니다."

"끄응, 그러겠지."

국회의원이 그런 것에 굴해서 겁먹고 몸을 사리는 순간 그의 정치생명은 끝장나는 거나 마찬가지니까.

"일단은 국정원 요원을 파견해서 보호해 드린다고 해."

국정원장은 두통으로 터질 것 같은 머리를 가까스로 가누며 말했다.

그러나 국장의 입에서 황당한 말이 돌아왔다.

"필요 없답니다."

"뭐? 필요 없다고?"

"네, 북한에서 무슨 짓을 하든 신경 쓰는 모습을 보이는 것 자체가 결국 그들에게 패배하는 거라면서…….""

갑갑한 마음에 국정원장은 으스러트릴 듯 주먹을 쥐며 말했다.

"미치겠네. 이놈의 정치인이라는 새끼들은……. 은밀하게라도 보내겠다고 해."

"그게, 이미 그것도 거부했습니다."

"뭐? 왜?"

"글쎄요……. 하지만 국정원이 송 의원과 사이가 안 좋은 게 사실이다 보니…….""

실제로 몇 번이나 송정한을 엿 먹이려고 한 국정원이니 송정한이 그들을 불신하는 게 이상한 일은 아니었다.

"돌겠네. 알았어. 경찰에 이야기해서 최대한 경호 인력을 보내. 설마 경찰까지 싫다고 하진 않겠지."

머리를 부여잡고 고개를 절레절레 흔들며 국정원장은 국
장에게 나가라는 신호를 했다.

밖으로 나온 국장에게 조용히 몇몇 사람들이 다가왔다.
"어떻게 할까요?"
주어는 없었지만 그 말에 담긴 의미는 명백했다.
송정한에게 붙어 있는 감시자들을 어떻게 할 것이냐는 의
미였다.
사실 시한원이 몰랐을 뿐 송정한도 주요 감시 대상이 된
지 오래였다.
확고한 개혁파이다 보니 송정한 역시 처분해야 할지도 모
르는 상황이었기 때문이다.
"일단은 그냥 둬."
그들은 간단하게 생각했다.
애초에 보호가 아닌 감시가 목적이니까 굳이 뺄 필요가 없
다고.
하지만 그들은 몰랐다. 노형진이 노리는 게 바로 그거라는
걸 말이다.

누구세요?

　현장에 배치된 국정원 요원들은 변수가 생겼다 해서 자신들에게 무슨 일이 생길지도 모른다는 걱정은 조금도 하지 않았다.

　북한은 북한이고 자신들은 자신들이니까.

　당연하게도 그들은 노형진과 송정한 등 주요 인물에 대한 감시를 멈추지 않았다.

　그리고 북한과 관련된 이야기는 자연스럽게 언론에 새어 나갔다.

　하지만 언론은 일부만이 그 소식을 전할 뿐, 대부분은 말도 안 되는 헛소문이라면서 전하지 않았다.

　그럴 수밖에 없는 게, 한국의 정치인을 북한에서 살해하려

드는 것은 사실상 선전포고나 마찬가지다.

더군다나 송정한은 대통령이나 장관도 아니고 일개 국회의원일 뿐이다. 그런 그를 죽인다고 해서 북한에 좋을 게 없다.

그래서 일부 가십성의 언론사를 제외하고는 모두가 입을 꾹 다문 것이다.

그러나 그것만이 이유인 것은 아니었다.

"현실적으로 그런 사실이 새어 나가면 결과적으로 송정한 의원님의 지지도가 높아지거든."

"왜?"

송정한의 사무실에 모인 노형진과 오광훈은 이런저런 대화를 하고 있었다.

그리고 오광훈은 노형진에게 왜 언론이 이렇게 조용한지 물어본 참이었다.

"보수의 가장 강력한 무기가 뭐야?"

"빨갱이 놀음이지."

"무식하게 빨갱이 놀음이 뭐냐? 반공이지."

"하여간, 그래서?"

"북한에 죽을 뻔했다는 것만큼 반공에 유리한 조건이 있을까?"

"아하!"

상식적으로 그것만큼 반공에 유리함을 어필할 만한 게 없다.

현실적으로 한국에서 반공은 정치적 수사가 된 지 오래지

만 그래도 나이가 많은 사람들은 반공을 아주 중요하게 생각
한다.

"송정한 의원님은 보수층 지지자가 많은 편이 아니야. 하
지만 북한에서 그를 죽이고 싶을 만큼 미워한다는 것 자체가
나이가 많은 반공 세대에게는 엄청난 어필이 된다고."

"그러면 그게 소문나면 자연스럽게 보수층의 지지율이 높
아지겠구나."

"그렇지."

그렇기에 기존 언론에서는 송정한에 대한 뉴스를 내보내
지 않는 것이다.

이런 식으로 소문나면 당연히 자기들에게 불리하니까.

권력을 개혁하고자 하는 송정한 같은 타입의 정치인은 권
력을 되찾고자 하는 언론사에 악몽 같은 사람이었다.

"그나저나 나를 감시한다니 전혀 몰랐는데, 누굴까?"

오광훈은 자리에서 일어나 창가로 가서 블라인드를 살짝
열고 모여든 사람들을 보면서 중얼거렸다.

송정한은 개인적인 친분을 이유로 경호를 담당하는 검사
로 오광훈을 파견해 줄 것은 검찰에 요청했는데, 검찰 입장
에서도 심각한 문제였기에 그 부탁을 받아들였다.

"티가 안 나지?"

"안 나네."

노형진은 오광훈의 말에 그의 옆으로 가 창밖을 보면서 그

렇게 말했다.

"나겠냐? 그래도 감시와 사찰로 먹고사는 애들인데."

"숫자가 적지는 않을 텐데 말이지."

그런 두 사람의 모습을 바라보던 송정한도 한마디 보탰다.

"못해도 열 명은 있을 텐데 나도 전혀 모르겠네."

노형진과 송정한 그리고 오광훈을 각각 감시하던 놈들이 모조리 한데 모였으니 당연하게도 인원이 더 늘었을 거다.

"그런데 오늘 사람 진짜 많다."

"공식 행사니까."

오늘 일정은 송정한의 지역구에서 벌어지는 공식 행사다. 당연히 온 사람도 많고, 그만큼 더 위험해진 것도 사실이다.

그러나 노형진은 바로 그 점을 노리고 오늘을 디데이로 잡았다.

"국정원에서는 우리를 감시할 거야. 당연하게도 오늘 같은 날이 사람 만나기는 좋거든."

혼란스러운 와중에 누군가 접근해서 물건을 주거나 이야기를 나누는 게 용이하니까.

"그러니 충분한 인원을 투입해서 우리를 감시하겠지. 더군다나 우리 세 명이 모인 거잖아? 저들 입장에서는 절대로 이걸 우연이라고 볼 수가 없거든."

국정원 입장에서는 위험 분자 세 명이 무슨 필요에 의해서든 한자리에 모였으니 이게 얼마나 위험한 상황일지 파악하고 싶어 할 거다.

당연히 어떻게 해서든 감시 요원을 배치할 수밖에 없다.

"그래서 우리가 경호원을 새론에서 데리고 온 거고."

새론 경호 팀은 누구에게 넘어갈 만한 사람들이 아니다.

충성심도 충성심이지만, 사실 충성심보다는 새론과 워낙 강력한 이해관계로 묶여 있기 때문에 국정원에서 접근해서 위협하거나 거래를 시도해도 눈앞에서 대가리를 박살 냈으면 냈지 절대로 흔들릴 타입이 아니다.

게다가 새론 경호 팀은 일반적인 사람들이 아닌 사이코패스나 소시오패스 같은 사람들이 사고를 치지 못하게 통제할 목적으로 만들어진 곳이기에, 누군가 자신들을 지배해서 이익을 챙기려 하는 것을 절대 용납하지 못한다.

그러한 개개인의 특성 때문에 그들은 국정원이라는 말에 공포감을 품거나 협조해야 한다는 의무감조차도 없다.

그들 입장에서 이 경호 업무는 돈이 되면서도 일하기 좋은 평생직장이나 마찬가지이기 때문에 놓칠 이유가 없으니까.

"물론 이 안으로 들어오지 못하니 속이 바짝바짝 타겠지만."

노형진은 힐끔 방 안을 둘러보면서 말했다.

여기는 오늘 행사를 위해 빌린 주요 내빈실이다.

당연히 도청과 감청에 대비하기 위해 도청 장치의 설치 여부를 다 확인했고, 감청을 막기 위해 창문에는 커다란 블라인드까지 걸어 두었다.

요즘은 원거리에서 입술을 읽거나 심지어 유리창의 진동을 읽어 내는 기술도 있다고 하니까.

"그런데 송 의원님은 괜찮으십니까?"

"딱히 문제 될 건 없다네. 진짜로 북한에서 나를 노리는 것도 아니니까."

실제로 북한에서 송정한을 노리지는 않는다.

그래서 CIA도 '노린다.'라고 한 게 아니라 '노릴 수 있다.'라고 표현한 거다. 나중에 발뺌해야 할 수도 있으니까.

"하지만 노 변호사 자네 계획대로라면 특정해야 하지 않나?"

"특정하는 거야 쉽죠."

"어째서 말인가?"

"지금 시간을 보세요."

노형진은 손목시계를 톡톡 치면서 말했다.

"오후 4시입니다. 열성 지지자가 아니면 여기에 올 이유가 없죠."

"그렇지?"

"보통 지나가다가 끼어들어서 구경만 하는 사람들이 올 만한 곳도 아니고요."

"아, 알겠네. 감시가 목적이니 내 지지자가 아닐 거라는 거군."

"맞습니다."

애초에 정치적인 목적으로 열리는 행사인 만큼 모여드는

사람들은 지지 세력일 수밖에 없다.

4시라는 시간은 여러모로 애매한 시간이다.

직장인이라면 한창 근무해야 하는 시간이고 학부모라면 학교에서 돌아오는 애들을 챙겨 줘야 하는 시간.

그 때문에 이 시간에 정치인들은 가능하면 행사를 하지 않는다. 자리가 텅 비어 있으면 창피하니까.

만일 이 시간에 꼭 해야 할 필요가 있다면 알바를 동원해서라도 자리를 채운다.

하지만 노형진은 알바 같은 건 고용하지 않았다.

그 말은, 여기에 모인 사람들은 모두 진짜 열성 지지자라는 소리다.

그런데 그 안에서 침묵을 지킨다?

그건 확실히 이상한 거다.

설사 침묵을 지키지 않는다 해도 다른 사람과는 전혀 다른 행동을 할 수밖에 없다.

"그러니까 그런 자들에게 경호원을 접근시키면 됩니다."

"하지만 네 말대로 그들이 도망갈까?"

"갈 거야. 블랙 요원이니까. 자신들의 신분을 드러내고 싶어 하지 않을 테니."

그리고 그 후의 상황은 노형진의 계획대로 흘러갈 거다.

"물론 모든 변수를 감안하면서 훈련받은 요원이라면 걸리지 않겠지만……."

노형진은 쓰게 웃으며 말했다.

"한국의 국정원은 정보 체계가 박살 난 지 오래라서 말이지."

아마도 결국 제대로 된 대응을 못할 것이다. 그리고 바로 그때가 노형진이 노리는 기회였다.

감오진은 단상에서 떠들고 있는 송정한을 바라보았다.

국정원 요원으로서 감오진은 송정한을 감시하라는 명령을 받았다.

그런데 놈이 갑자기 무슨 행사를 한다고 하는 바람에 접근하기가 너무 힘들어졌다. 게다가 거기서 그치지 않고 괴상한 소문 때문에 경호원까지 늘었다.

'귀찮아 죽겠군. 빨갱이 새끼 하나 때문에 이게 뭔 고생이야.'

물론 진짜인지 아닌지는 알 수 없지만 중요한 건 CIA가 정보를 건넸다는 거고, 그걸 누구도 무시할 수는 없다는 거다.

'그나저나 송정한이라······.'

개혁 의지가 강한 송정한은 국정원에서도 최우선 폐기 대상이다.

물론 전처럼 마음대로 할 수 없기에 국정원에서는 입술이 바짝바짝 마르는 상황이었다.

'차라리 진짜로 빨갱이 새끼가 죽여 줬으면 좋겠군.'

그러면 자신들이 편해질 거라 생각하면서, 감오진은 단상에서 일장 연설을 하는 송정한을 바라보았다.

─국민 여러분, 우리에게 있어서 자유란 무엇보다도 소중한 약속입니다. 우리만을 위한 약속이 아니라 우리의 자녀, 우리의 후손을 위한…….

연설이 계속되는 상황.

그렇게 송정한을 지켜보느라 감오진은 자신에게 다가오는 남자에 대해 알아차리지 못했다.

애초에 워낙 사람이 많아서 알아차릴 수도 없었지만 말이다.

"잠깐 저 좀 봅시다."

선글라스를 끼고, 경호라고 쓰인 방검복을 착용한 남자.

그를 본 감오진의 얼굴이 굳었다.

오늘 행사에서 송정한을 지키기 위해 새론에서 경호 팀을 파견했다는 건 그도 들었기 때문이다.

"뭡니까?"

"같이 가시죠."

"당신들이 누군데?"

"경호원입니다. 잠깐 이야기 좀 하시죠."

'이런 젠장.'

그 말에 감오진은 아차 싶었다.

그들이 자신을 의심할 줄은 생각 못 했으니까.

하지만 다들 열광하는 와중에 혼자서 냉랭한 얼굴로 송정

한을 노려보고 있었으니 눈에 안 띌 수가 없었고, 그걸 알아
챈 경호 팀이 그를 확인하기 위해 다가온 것이었다.

"싫은데요. 내가 왜 당신을 따라갑니까? 당신들이 경찰이야?"

당연히 이런 경우를 아예 예상 못 한 건 아니기에 감오진
은 딱 잘라서 거절했다.

실제로 경찰이나 검찰도 아닌 경호원에게는 구인의 권한
같은 게 없으니까.

설사 경찰이라고 해도 현행범이 아닌 이상에야 강제 구인
권한은 없다.

"잠깐만 협조해 주십시오. 최근에 좋지 않은 소문이 돌아
서 그럽니다."

"좋지 않은 소문?"

감오진은 그게 무슨 소리인지 바로 알아차렸다.

언론 일부에서 흘러나온, 송정한을 죽이기 위해 북한에서
살인조를 보냈다는 이야기를 말하는 것임을.

'젠장.'

확실히 그런 상황이라면 경호원이 경계하는 것도 이상한
일은 아니다.

"신분증만 보여 주시면 바로 보내 드리겠습니다."

"그건……."

그럴 수는 없다. 블랙 요원에게 있어서 신분은 생명과도
같은 거니까.

물론 이게 정상적인 작전이었다면 가짜 신분증을 만들어서 제공했을 거다.

하지만 이건 정상적인 작전이 아니었기에 신분을 감추기 위한 가짜 신분증도 제공되지 않았다.

"싫은데. 당신들을 어떻게 믿고?"

"그래요? 그럼 잠시만 기다리시죠."

일이 꼬이기 시작한 걸 안 감오진은 재빠르게 그곳을 떠나려고 했다.

하지만 경호원은 그가 떠나지 못하게 꽉 잡았다.

"잠시만 기다리시죠."

"놔. 안 놔? 씨발, 뒈질래?"

애써 위협해 봤지만 애초에 그런 거에 겁먹을 경호 팀이 아니었다.

그리고 최악의 상황이 발생했다.

"여깁니다."

미리 연락한 것인지 그 순간 다가오는 두 명의 경찰.

"저희가 경호원이라서 신분증을 제시 못 한다고 하네요. 신분 확인 부탁드립니다."

"잠깐 신분 확인만 하겠습니다."

그 말에 감오진의 눈동자가 흔들렸다.

'위험해.'

더는 무난하게 넘길 수 없는 상황.

다른 것도 아닌 암살을 위한 스파이가 파견된 상황이다.

아무리 상대가 북한이라지만 그런 작전을 실행하려고 파견된 스파이는 가짜 신분증을 확보했을 게 뻔하다.

그러니 경찰은 신분증을 받는 즉시 진짜인지 신원 조회를 해야 할 터였다.

그리고 그건 감오진이 가장 피하고 싶은 상황이었다.

"신분증 좀 주세요."

감오진이 좀처럼 신분증을 보여 주지 않자, 다그치는 경찰의 눈에 의심이 깃들었다.

그 증거로 경찰 한 명은 손을 슬금슬금 허리춤에 있는 권총을 향해 가져가고 있었다.

그럴 수밖에 없었다. 얼마 전 한국에서 북한 간첩의 가스테러 시도가 있었기 때문이다.

그러니 만약 눈앞에 있는 남자가 진짜로 암살조라면, 제아무리 경찰이라 해도 목숨이 날아가는 건 한순간일 테니까.

"마지막 경고입니다. 신분증 주세요."

경찰의 마지막 경고가 나오고 다른 경찰의 손이 권총집에 닿는 그 순간, 감오진은 자신을 잡고 있던 손에서 힘이 슬쩍 빠지는 것을 느꼈다.

당연하게도 감오진의 선택지는 하나뿐이었다.

"씨팔!"

그는 자신을 붙잡고 있던 경호원을 그대로 메치고는 반대

쪽으로 내달렸다.

절대로 걸려서는 안 된다는 생각뿐이었다.

그리고 그게 그의 실수였다.

"멈춰!"

"거기 서라!"

뒤에서 들리는 멈추라는 소리.

하지만 그 소리를 듣고 멈추는 도둑이 없는 것처럼, 당연하게도 감오진은 전력을 다해서 사람들을 헤치고 도망가려고 했다.

"뭐 합니까! 쏴요!"

"네?"

그리고 경호원은 다급하게 소리를 질렀다.

"북한 암살조잖아! 놓치면 당신이 책임질 거야!"

"이런 젠장."

경찰은 그 말에 울상이 되었다.

도망가는 꼴을 보면 암살조가 맞는 것 같으니 그냥 둘 수는 없는데, 그렇다고 사람이 가득한 이곳에서 총질을 하는 건 꺼려졌기 때문이다.

수많은 고민 끝에 결국 그들은 차선책을 택했다.

탕! 탕!

허공에 날리는 공포탄 두 발.

"꺄아아악!"

"총성이다!"

그 순간 사람들은 비명을 질렀고 누군가 송정한에게 몸을 날렸다.

송정한이 쓰러지고, 우르르 사람들이 몰려가서 그를 끌어내렸다. 뒤이어 여기저기서 총성이 터지기 시작했다.

탕! 탕!

"으아악!"

"살인이다!"

사람들은 너도나도 도망갔다.

감오진도 그 혼란에 섞여서 도망가고 싶었다.

하지만 이미 표적이 되어서 추격당하는 중이었기에 그럴 수가 없었다.

"누구 마음대로 도망가!"

"어억!"

뒤에서 날아온 태클에 감오진은 바닥을 굴렀고, 그 직후 그의 몸 위로 경찰들과 경호원들이 몸을 날렸다.

그리고 그와 비슷한 모습이 행사장 여기저기서 연출되기 시작했다.

⚖

송정한 의원 피겨?

난리가 난 언론.

자기들이 아무리 언론사로서 송정한과 사이가 안 좋다고 해도 이런 사건까지 덮을 수는 없는 노릇.

일이 터지기 무섭게 그들은 다급하게 속보를 날려 대기 시작했다. 그리고 익명의 소식통을 통해 빠르게 정보가 새어 나갔다.

–익명의 소식통에 따르면 북한군이 송정한 의원을 죽이기 위한 살인조를 보냈다는 정보가 있으며, 현장에서 경찰과 경호원에 의해 신원을 알 수 없는 다수의 남성이 제압되었다고 합니다. 그 와중에 총격이 시작되었으며, 현재까지 송정한 의원의 상태는⋯⋯.

이건 누가 봐도 북한군이 와서 총질한 거였다.

물론 진짜로 북한군이 총질한 건 아니다. 경찰이 공포탄을 쏜 거고, 그건 합당한 절차다.

송정한이 쓰러진 건 총에 맞아서가 아니라 날아올 총알을 피하기 위해 경호원이 몸으로 찍어 눌렀기 때문이다.

공식적으로는 말이다.

"이걸 속네?"

송정한의 사무실에서 핸드폰으로 뉴스를 보던 오광훈이

혀를 내둘렀다.

"속지. 저런 상황에서는 총성이 공포탄인지 아닌지 구분 못 하거든."

"나도 그렇게 생각하네. 진짜인지 아닌지 전혀 모르겠더군."

송정한 의원은 자신이 죽었다는 댓글을 피식거리면서 보다가 미소를 지으며 말했다.

"인터넷이라는 공간에 아무리 거짓말이 넘친다고 해도 그렇지, 멀쩡하게 살아 있는 사람을 죽은 사람으로 만들면 쓰나."

그 말에 노형진이 피식 웃었다.

"그거, 저희 댓글 알바입니다."

"뭐? 왜?"

"죽었다는 소문이 나야 더더욱 이슈가 되니까요."

"그랬나? 뭐, 자네 덕분에 이슈는 확실하게 타겠군. 잡혀간 놈들이 묵비권을 행사해서 다들 진짜 북한 암살조라고 생각하는 모양이던데?"

노형진의 예상대로 사람을 감시하기 위해 투입된 것으로 보이는 의심스러운 사람이 여럿 발견되었고, 노형진은 그들을 제압하도록 했다.

그 와중에 몇몇은 도망가도록 놔뒀고 나머지 여섯 명은 현장에서 제압되었다.

그런데 그들은 자신의 신분을 감추려다가 체포당한 참이라 당연히 북한의 살인조로 의심받을 수밖에 없었고, 경찰에 의해 모조리 끌려갔다.

"음…… 이쯤에서 내가 나가면 되나?"

송정한은 난리가 난 사람들을 보다가 노형진에게 물었다.

"네. 다치지도 않았는데 다쳤다고 하면 쇼한다고 할지도 모르니까요."

"쇼가 맞네만?"

"때로는 시기에 맞는 쇼가 필요한 법이지요."

그 말에 송정한은 웃으며 밖으로 나갔다.

그러자 기자들이 미친 듯이 몰려들었다.

"송 의원님, 괜찮으십니까?"

"총 맞으신 게 아닌가요?"

쇄도하는 질문에 송정한은 양손을 들어 무사함을 보이며 웃었다.

"경호원의 보호 덕분에 아무런 상처도 없습니다."

"오늘 사태가 진짜로 북한의 소행이라고 생각하십니까?"

"그건 경찰에서 정확하게 알려 줄 거라 생각합니다."

"그러면 이제 어쩌실 생각인가요?"

"바로 병원으로 가 볼까 합니다."

"병원? 진짜로 총에 맞으신 건가요?"

송정한의 말에 어떤 기자가 놀란 표정으로 손을 들었다.

송정한은 고개를 저었다.

"아닙니다. 갑작스러운 대피 과정에서 제 지지자분들이

일부 다치셨다고 들었습니다. 그분들을 찾아뵈려고 합니다."

"잔당 중 일부가 도주했다고 들었는데요. 두렵지 않습니까?"

"두려움요? 제가 두려워서 꼬리를 마는 게 이 짓을 한 누군가가 원하는 바일 겁니다. 제가 거기에 놀아날 수는 없습니다. 그리고 제가 두려워하는 건 제 목숨을 잃는 게 아니라 이 나라의 입에 재갈이 물리는 겁니다. 누구도 대한민국을 협박해서 재갈을 물릴 수는 없습니다."

송정한의 단호한 말은 기자들을 통해 사회 곳곳으로 퍼지기 시작했다.

그 모습을, 노형진은 좀 떨어진 곳에서 미소를 지으며 지켜보았다.

⚖

이 소식은 빠르게 퍼졌다. 그리고 그 불똥은 엉뚱한 곳으로 튀었다.

현장에서 체포된 놈들이 자신들의 신분을 공개하지 않아 그들이 북한에서 파견된 살인조라는 게 기정사실화될 때쯤, 국정원에서 그들이 국정원 요원이라는 걸 인정한 것이다.

보통은 버리는 패로 써 버리는데, 이번에는 한두 명도 아니고 무려 여섯 명이나 한국 경찰에게 사로잡힌 점이 문제가 된 것이었다.

아직은 괜찮지만 본격적으로 털기 시작하면 한국 사람, 그 것도 국정원 요원이라는 게 걸릴 수밖에 없고, 그러면 '진실' 이 밝혀질 수도 있기에, 국정원에서는 그걸 막기 위해서라도 오해라는 변명을 해야 했다.

노형진의 예상대로 국정원은 그들이 북한의 살인조에 대한 대응책으로 은밀하게 배치한 국정원 요원이라고 해명했다.

하지만 송정한은 명백하게 해당 접근을 거부하고 요원을 보내지 말라고 했는데 왜 몰래 보냈느냐면서, 자신도 모르는 사이에 국정원 요원이 녹화 장비와 도청 장비를 소지한 채로 접근한 게 사실상 민간인 사찰이 아니냐고 몰아붙였다.

당연하게도 언론은 불이 붙어서 활활 불타올랐다.

북한 암살조 파견만으로도 조회 수를 빨아먹기 좋은 판에 정치인 사찰 문제가 터졌으니까.

그 덕분에 노형진과 오광훈뿐만 아니라 주요 인물에게 붙 어 있던 모든 요원들은 다급하게 철수할 수밖에 없었다.

그리고 바로 그 틈을 타 철수 요원이 조용히 노형진의 아 파트에 찾아왔다.

"이런 식으로 국정원을 떨구려고 할 줄은 몰랐네요."

철수 요원과 마주한 노형진은 혀를 내둘렀다.

"국정원 그만두고 경비원 하시는 건 아니죠?"

"그럴 리가요. 경비원은 보통 아무도 의심하지 않죠. 모자 덕분에 얼굴을 가리기도 쉽고요. 거기다 요즘은 코델09바이러스 덕분에 마스크는 필수니까요."

그렇게 말하며 머리에 쓴 경비원 모자를 툭 치는 철수 요원.

하긴, 아파트 경비원을 의심하는 사람은 아무도 없으니까.

더군다나 요즘은 경비원이 할 일이 많아서 여기저기 돌아다니기도 하니 이상할 것도 없다.

비밀번호야 국정원 요원쯤 되면 알아내는 건 일도 아닐 테고.

"오래는 못 있으니까 바로 가겠습니다. 이유는 대충 전 등 교환이라고 해 두시고요."

"보통 전등 정도는 제가 가는데……. 그런데 도대체 이게 무슨 일입니까?"

일단 국정원을 밀어내기는 했다지만 상황이 너무나도 복잡하게 돌아가는 데다 시간이 없었기에 노형진은 단도직입적으로 물었다.

그리고 밝혀지는 진실에 노형진은 그 어느 때보다 표정이 굳어질 수밖에 없었다.

"국정원 내부에서 일부 세력이 박기훈 대통령 암살을 계획하고 있습니다."

"뭐라고요? 암살요? 지금 제가 잘못 들은 것 같은데."

"아닙니다. 암살이 맞습니다. 아직 방법도, 시기도 모릅니다만 확실히 진행되고 있습니다."

"아니, 왜요?"

"국정원은 수십 년간, 아니 대한민국이 건국된 이래로 무소불위의 권력을 휘둘렀습니다. 그리고 박기훈은 그걸 없애려고 하고 있죠."

그 말에 노형진은 입술을 깨물었다.

실제로 인간의 역사를 보면 권력을 약화시키려고 하는 리더를, 권력을 지키려 하는 조직에서 암살한 경우는 차고 넘친다.

"저도 그걸 알아차리고 파 보려고 했지만 그 전에 발각되었습니다. 영희 요원도 그 사실을 알고 있고요."

"그래서, 대피는 잘하신 겁니까?"

"네. 하지만 이 상황에서는 제가 할 수 있는 게 없습니다."

"언론사를 통해 이야기라도 해 보시죠."

"믿겠습니까?"

"하긴…… 그것도 그러네요."

그런 신고가 들어오면 조사하는 게 국정원이다.

하지만 문제가 문제이니만큼 국정원이 조사할 리가 없는데다, 국정원이 현 대통령을 죽이려 한다고 말하면 언론에서부터 미친놈 소리가 나올 거다.

"더 자세한 걸 알려 드리고 싶지만 그럴 시간도 없고 알려 드릴 것도 없네요."

그는 버리는 전구를 주우며 말했다.

"조심하세요. 저도 국정원 내부의 그 누가 그 계획에 포함되었는지 알지 못합니다."

"으음……."

"그들은 더 이상 잃을 게 없습니다. 그러니 무슨 수를 써서라도 권력을 유지하려고 할 겁니다. 힘든 일을 부탁해서 미안합니다."

그는 현관문을 열고 집을 나서며 말했다.

"나중에 기회가 되면 이 은혜는 꼭 갚도록 하겠습니다."

그렇게 사라지는 철수 요원.

하지만 그가 떠났음에도 불구하고 노형진은 자리에서 움직일 수가 없었다.

"암살? 지금 암살이라고 했나?"

이건 혼자서 해결할 수 있는 일이 아니기에 노형진은 다급하게 그나마 이런 것에 대해 잘 아는 김성식을 찾아갔다.

오광훈도 부르고 싶었지만 그렇게 되면 더 이상 기업 내의 회의가 아니게 되기 때문에 나중에 은밀하게 알려 줄 생각이었다.

"네, 철수 요원은 그렇게 말하더군요."

"환장하겠군."

"불가능한가요?"

노형진은 혹시나 하는 마음에 김성식에게 물었다.

"불가능이라······. 유감이지만 불가능한 건 아니야. 국제적으로도 그런 일은 많았고."

김성식은 긴 한숨을 내쉬더니 안타까운 듯 말을 이었다.

"드러나지 않았을 뿐이지, 한국도 아예 사례가 없는 건 아니었다네."

"네? 사례가 있다고요?"

"그래. 자네도 알지 않나, 실패하면 드러나지도 않는 일이 있다는 걸."

"끄응."

시체가 없으면 살인도 없다.

법률계의 오래된 격언이다. 증거가 있어야 한다는 거다.

"어느 정권이든 그걸 뒤집고 싶어 하는 놈들은 늘 있다네."

단순히 현 대통령이 마음에 들지 않아서가 아니라 진짜로 내가 지지하는 정권의 반대 정권이라는 이유만으로 죽이려고 하는 미친놈들은 존재한다.

다만 지금까지는 그런 놈들이 국정원이나 경찰에 잡혔을 뿐이다.

왜냐하면, 그런 놈들이 쓸 수 있는 선택지는 너무 뻔하니까.

"문제는, 철수 요원 말대로 국정원의 일부 세력이 그런 계획을 세운다면 선택지가 너무 많아진다는 거지. 경찰 내부에서도 가장 수사하기 힘든 놈들이 변절한 경찰 아닌가?"

어떻게 수사를 하는지, 그리고 어떤 식으로 압박을 하는지 알기에 어떻게 대응해야 할지도 자연히 알게 되니까.

그건 국정원 요원도 마찬가지다.

"그러면 우리를 감시하던 놈들도 설마?"

"그건 아닐 거야. 그런 블랙 요원들은 그저 도구일 뿐이네. 그런 작자들은 그런 정밀한 작전에 대해 알 수 없어. 아마도 자신들의 계획에 방해가 될 만한 인사에 대한 감시 정도나 하겠지."

그렇게 말한 김성식은 걱정스러운 얼굴로 턱을 문질렀다.

"문제는, 그들을 동원했다는 것만 봐도 그 변절한 국정원 요원이 상당히 높은 계층일 수밖에 없다는 거지."

최악의 가정이지만 동시에 틀릴 수가 없는 가정이었다.

애초에 블랙 요원의 신분은 철저하게 비밀에 부쳐진다.

신분마저도 그런데 그들을 통제할 정도의 권한을 가진 일부 요원들이라면 사실 뻔하다.

"최소 팀장급. 아니면 국장급 이상이겠지."

"이번 개혁으로 가장 크게 치명타를 입을 사람들이겠군요."

"맞아."

국정원이 개혁되어 해외 정보 라인을 담당하게 되면 팀장급과 국장급은 모조리 모가지가 날아갈 수밖에 없다.

왜냐하면 지금 팀장급과 국장급은 대부분 해외 경험이 없는 국내파이기 때문이다.

그것도 정확하게 표현하면 국내에서 정권에 반대되는 자

들을 족친 보상으로 그 자리를 차지한 자들이다.

해외에서 활동해 본 진짜 해외 근무 요원들은 모두 은퇴하거나 처분당했으니까.

"현실적으로 어쩔 수 없기는 하지만."

김성식은 안타까운 어조로 말했다.

"하긴, 그렇죠."

실적에 따라 승진시켜 준다. 참 좋아 보이기는 한다.

하지만 팀장급이나 국장급은 화이트 요원, 그것도 아주 대놓고 활동하는 화이트 요원으로 분류된다.

그런데 경력이라고는 전혀 없던 놈들이 갑자기 짜잔 하고 고위 직급을 다는 행위는 다른 적대 정보 조직에 '이 사람은 블랙 요원으로 혁혁한 전공을 세운 사람입니다.'라고 자랑하는 꼴밖에 안 된다.

그래서 현장에서 목숨을 걸고 일한 블랙 요원보다는 내부에서 정권에 충성한 화이트 요원이 승진하게 된다.

"더군다나 한국은 현장직 혐오가 워낙 심해야 말이지."

"그건 그래요."

현장에서 살인범, 강도범 백 명을 잡은 경찰보다 사무실에서 '서장님 딸랑딸랑'을 외친 경찰이 승진하기 좋은 게 바로 한국의 사법 시스템이다.

문제는 이게 경찰뿐 아니라 모든 직군에서 일어나는 현상이라는 거다.

오죽하면 인터넷에서 우스갯소리로, 입사한 지 두 달도 안
된 경리가 경력 15년 차 반장에게 소새끼 개새끼 했다는 이
야기가 나돌겠는가?

자기가 내근직이라는 이유 하나만으로 현장직보다 높다고
착각한다는 거다.

물론 그 사건은 경력의 부족이 원인이긴 하지만, 동시에
그런 착각을 할 만큼 한국의 현장직 비하는 꾸준하게 이뤄지
고 있는 문제이기도 하다.

"문제는 지난 정권들이 거의 모두 특정 정당이라는 거지."

현재 팀장급이나 국장급인 사람들은 그들에게 중용되었거
나 그 안에서 성장한 사람이다.

물론 이제는 정권이 바뀌었고 현 대통령은 전문성을 인정
해서 내부에 터치하지 않았다.

"하지만 그게 패착이라 이거군요."

이권 문제만 터지지 않았다면 그들도 적당히 합의해서 충
성하는 척했을 거다.

실제로도 정권이 바뀐 게 한두 번이 아니니까.

'회귀 전에도 별문제는 없었지.'

달라진 건 국정원 권한의 분할 문제뿐이다.

그러나 그 이권이 워낙 어마어마하다 보니 국정원의 내부
인원 입장에서는 용납할 수가 없었던 것이리라.

"이걸 박기훈 대통령에게 말해야 할까요?"

"물론 하기는 해야겠지. 하지만 그런다고 막을 수 있을지는 모르겠군."

눈을 찡그리면서 김성식은 걱정스럽게 말했다.

그럴 수밖에 없는 게, 한국은 이런 사태에 대해 전혀 경험이 없기 때문이다.

"자네도 알지 않나, 대한민국 대부분의 공권력은 사실 거품이라는 걸."

"그건 그렇죠, 제대로 된 방어 작전이나 쓸 수 있을지. 애초에 상대가 국정원이니."

청와대에서 무슨 수를 쓰더라도 결국 국정원으로 정보가 새어 나갈 가능성이 크다.

"대통령 경호실에서야 최대한 방어하려고 하겠지만……."

문제는 대통령 경호실의 인원만으로는 절대로 대통령의 경호를 전담하지 못한다는 거다.

사람들이 잘 인식하지 못할 뿐 대통령 경호 작전에는 경찰에서부터 군부대까지 동원된다.

즉, 그중 어디에서든 정보가 새어 나갈 거라고 봐야 한다는 거다.

전화해서 '국정원입니다.'라고 한마디만 하면 나불거릴 사람은 넘쳐 나니까.

'그건 미국도 마찬가지고.'

CIA를 사칭한 범죄는 생각보다 많이 벌어진다.

왜냐하면 그들은 부정도, 긍정도 하지 않으니까.

일반적으로 '랭글리에서 나왔습니다.'라고만 말해도 대충 CIA라고 생각한다. 랭글리에 CIA 본부가 있기 때문이다.

그렇다고 '국정원에 정보 누설 금지'라고 할 수도 없다.

다른 곳도 아닌 한국 유일의 정보 집단과 대통령이 척지고 싸우고 있다는 사실을 외부에 공개할 수는 없지 않은가.

"암살 계획 사실이 드러난 게 아니니까."

그렇게 되면 역으로 이쪽이 정치적인 공세에 시달릴 게 뻔하다.

그렇잖아도 자유신민당은 박기훈 대통령 임기 내에 레임덕을 일으키려고 몸부림치고 있다. 그래야 자유신민당 소속 후보가 다음 대통령으로 당선되기 때문이다.

"그렇다고 해서 이걸 그냥 둘 수도 없지 않습니까?"

노형진은 걱정스럽게 말했다.

그가 아무리 사회적으로 힘을 가지고 있다고 해도 이런 일을 막을 수 있는 정도는 아니다.

김성식도 가만히 고개를 끄덕였다.

"그래. 그렇다고 방치할 수도 없지. 자네도 알지 않나, 처음이 어렵지 두 번째는 쉽다는 것을."

"그건 그렇죠."

이번에 성공적으로 대통령을 암살한다면, 다음에 비슷한 상황에 처했을 때 과연 국정원이 가만있을까?

그럴 리가 없다. 또다시 암살이라는 카드를 꺼내 들 거다. 이미 한 번 먹혔으니까.

"더군다나 우리나라에는 좋은 핑계가 있고 말이지."

"북한 말이군요."

"그래."

송정한을 죽이려고 했던 북한이 박기훈 대통령을 죽이려 한 건 전혀 이상하지 않다는 식으로 상황을 조성하는 것은 국정원에 있어 지극히 손쉬운 일이다.

"가장 큰 문제는 우리도 국정원과 사이가 그리 좋지는 않 다는 거야."

"정확하게는 저군요."

"맞아."

노형진은 국정원과 사이가 좋지 않다. 지난번에 창피를 줬 으니까.

한국은 진실을 이야기하는 사람을 극도로 싫어한다.

실제로 한국에서 건설공사 직원들이 정보를 빼돌려서 투 기를 일삼는다는 것을 제보한 제보자는 자신의 양심적인 행 동에도 불구하고 공사에서 해직당했다.

정작 투기한 놈들은 처벌은커녕 재산 환수도 당하지 않았 는데, 제보자는 내부 고발을 했다는 이유로 해직에 보복까지 당해 취업조차 못 하고 있는 상황인 것이다.

"일단은 자네가 대통령과 만나서 이야기해 보게. 최소한 자네가 만나자고 하면 듣는 시늉은 하겠지."

비록 노형진이 자문 위원을 때려치웠다고 해도 박기훈은 만남을 거부하기 힘들 거다.

왜냐하면 노형진에게는 마이스터와 미다스의 대리인 자격이 있으니, 만남을 거절했다가 나중에 경제 문제라도 터지면 야당에서 미친 듯이 물어뜯을 테니까.

"이야기해 보겠습니다."

다만 그게 잘될지는 모를 일이었다.

은혜는 원수로 갚는 자들

　박기훈은 어느 때보다 충격을 받은 얼굴이었다.

　그리고 그 옆에 있는 대통령 경호실장은 분노로 얼굴이 빨개져서 손을 부들부들 떨고 있었다.

　당장이라도 국정원에 가서 다 쏴 죽일 듯 엉덩이가 들썩거렸지만 애써 분노를 참는 모습이었다.

　"그러니까, 나를 죽이기 위해 국정원이 움직이고 있다는 건가?"

　"정확하게는 일부입니다만."

　"그런가."

　그렇게 말한 박기훈은 기가 막혀서 말이 안 나오는 듯 한참 침묵을 지키다가 말했다.

"미안하네."

"네?"

뜬금없는 말에 노형진은 그런 박기훈을 바라보았다.

박기훈은 비참한 얼굴을 하고 있었다.

"자네가 그랬지, 같이 갈 사람이 있고 같이 가지 못할 사람이 있다고. 사람은 고쳐 쓰기에는 너무 위험하다고."

"맞습니다. 그랬죠."

"그런데 나는 자네 말을 듣지 않았지."

대대적으로 전면전을 하는 건 거의 불가능하다.

대통령이 되고서야 알았다, 기득권의 세력이 얼마나 강력한지.

소수의 1%가 대한민국 부의 40%를 쥐고 있고, 그들이 한국을 지배한다.

결국 박기훈은 싸우기보다는 타협을 선택했고 그에 실망한 노형진은 박기훈을 떠났다.

"그런데 결과가 이거군."

자신에 대한 암살 계획.

물론 모른 척 국정원을 개혁하지 않고 임기를 마쳐도 될 일이었다.

"하지만 이제 와서 내가 개혁을 하지 않겠다고 하는 것도 의미가 없지. 안 그런가?"

"맞습니다."

그렇게 되면 도리어 박기훈의 레임덕은 가속화될 거다.

물론 퇴임하면 더는 정치를 안 할 테니 상관은 없을 거다.

하지만 과연 그대로 이 모든 게 끝날까?

"아닐 겁니다. 그들은 대통령님을 무조건 죽여야 합니다."

"그렇겠지."

그래야 더 이상은 국정원을 개혁하겠다는 소리가 나오지 않을 테니까.

그래야 자신들이 안전해질 테니까.

"거기다, 그래야 다음 선거에서 국정원에서 컨트롤할 요소가 늘어나니까요."

"컨트롤?"

"이 결말에서 범인이 누구일지는 정해져 있지 않습니까?"

"그렇겠지."

당연히 최종적으로 북한이 될 거다.

그리고 자유신민당은 자칭 안보 전문가라면서 북한에 대한 공격을 주장할 테고, 선거는 보복 심리로 인해 그들의 승리로 마무리될 거다.

"설사 죽이지는 않는다고 해도 아마 교도소행은 못 피하실 겁니다."

살려 둘 수야 있겠지만 그들은 개혁의 씨앗을 뿌리 뽑고 싶을 거다.

그러기에 가장 좋은 방법은 바로 없는 증거라도 만들어서 상대방을 감옥에 집어넣는 것.

"죽든가 평생을 감옥에 있든가 둘 중 하나라 이건가?"

"그러고도 남죠. 국정원이니까."

"……."

그 말에 박기훈은 한참 말을 아꼈다. 머릿속이 복잡했기 때문이다.

그가 입을 연 건 무려 30분이 지나서였다.

"김 실장."

"예, 각하."

"대통령 경호실의 힘으로 그들을 막을 수 있겠나?"

"인원이 부족합니다. 그리고 대통령 경호실의 힘은……
아시지 않습니까?"

"그래, 그랬지."

한때 대통령 경호실은 무소불위의 권력을 휘둘렀다.

전화 한 통에 대기업의 회장이 와서 살려 달라고 빌어야
했던 시절도 있었다.

하지만 지금은 아니다.

지금 대통령 경호실의 권한은 딱 경호의 영역까지로만 제
한되어 있다.

그리고 그렇게 만든 게 다름 아닌 박기훈이었다.

"하아~."

"개혁이라는 게 그런 거죠."

권력을 놓아야 개혁이 완성된다.

그런데 권력을 놓으면 개혁에 저항하는 세력에게 물어뜯긴다.

나중에는 그들이 나라를 뒤집어도 저항을 못 하게 된다.

"많이 하는 실수가 그겁니다."

개혁을 하기 위해서는 권력이 필수다. 그리고 개혁이 끝나면 그걸 내려놔야 한다.

개혁에 반대하는 놈들은 본을 보이라면서 먼저 권력을 놓으라고 지랄하고, 그래서 정말 놓아 버리면 갈가리 찢어 버린다.

"개혁에 성공하려면 누구보다 강한 정신력이 필요합니다. 제가 누차 말하지만요."

개혁하는 동안에는 사방에서 공격이 들어온다.

그리고 개혁이 끝난 후에도 그 권력을 놓는 게 쉽지 않다.

사방에서 들어온 공격에 대한 트라우마, 그리고 엄청난 권력에 이미 한번 취해 본 상황에서 권력을 놓는 게 쉽겠는가?

처음에 개혁을 외치던 인간들이 나중에는 부패해서 독재하는 이유가 바로 그거다.

"난 그럴 수가 없었던 거군."

"제가 각하를 떠난 건 단순히 부패한 기득권과 손잡아서가 아닙니다."

그에게서 개혁의 의지가 상실되었음을 알았기 때문이다.

"하지만 그렇다고 해서 일국의 수장을 암살하는 건 말도 안 되죠."

"후우~."

그 말에 다시 침묵을 지키던 박기훈은 조용히 물었다.

"자네 생각에는 어떻게 하는 게 좋겠나?"

"가장 편한 길은 이 사실을 외부에 공표하는 겁니다."

"국정원에서 조작이라고 할 거라면서?"

"물론 그러겠죠. 하지만 아무리 조작이라고 할지라도 일국의 대통령의 발언입니다. 그걸 미다스가 보증해 준다면 이야기가 달라지죠."

"미다스가?"

"제가 찾아온 이유가 뭐라고 생각하십니까?"

"그렇군."

정보의 출처가 미다스라는 것만으로도 그 정보의 신빙성은 어느 때보다 높아질 수밖에 없다.

어떤 면에서는 CIA보다 정보력이 뛰어나다고 인정받는 미다스니까.

'그리고 어쩌면 이미 CIA가 움직이고 있을지도 모르지. 아냐. 이놈들은 아마 알 거야.'

분명히 알 거다.

과거에 홍안수가 일본의 스파이라는 걸 알면서도 한국에 알리지 않은 게 CIA다.

같이 일하기는 하지만 그들은 서로의 이권에 따라 각자 알아서 행동할 뿐이다.

'내가 아는 CIA라면 이걸 이용해서 빨아먹을 방법을 찾고 있겠지.'

더군다나 박기훈은 지난 대통령인 홍안수와 다르게 중립 외교 노선을 철저하게 지키는 타입이라서 미국에서는 불편할 수밖에 없다.

홍안수는 약점 잡힌 게 있어서 미국에서 빨라면 빨고 짖으라면 짖는 개만도 못한 놈이었지만, 박기훈은 그럴 이유가 없으니까.

'성공하면 다음 정권에 자기들을 빨아 주는 놈을 올리고 싶겠지.'

그렇기에 그들은 끝까지 모른 척할 거다.

문제는 그거다.

여기서 박기훈이 이 사실을 공표하면 암살 작전이야 미루어지겠지만, 정권을 차지하기 위한 정치적 싸움이 시작될 거다.

그렇잖아도 코넬09바이러스 방역도 노형진이 없었다면 제대로 이루어지지 못했을 것이다.

자유신민당은 경제가 망한다면서 거리 두기 같은 방역을 하면 안 된다고 주장하는 판국이니까.

그런데 증거도 없는 대통령 암살을 터트린다?

아마 자유신민당은 정치적인 목적을 가진 허위 사실 유포라고 필사적으로 주장하며 국정원을 실드 치려고 할 거다.

국정원을 대상으로 싸우는 것도 힘들어 죽겠는데 야당까지 함께?

그건 불가능하다.

아무리 우리국민당이 민주수호당을 도와준다고 해도 말이다.

그리고 그렇게 되면 대통령 암살이 아니라 정권 유지 문제로 이목이 쏠릴 테고, 선거철이 되면 또다시 자유신민당은 '허위 사실을 유포한 대통령을 심판하자.'라고 주장하면서 사건의 본질을 호도하고 엉뚱한 것만 물고 늘어질 거다.

"당연히 언론에서는 그들의 이야기만을 떠들겠지요. 거짓말하는 걸 막았지, 정보를 취사선택하는 것까지는 막을 방법이 없으니까요."

"끄응."

확실한 방법은 하나뿐이다. 현장에서 국정원을 제압하는 것.

문제는, 대통령 암살 시도를 현장에서 제압하기 위해서는 그들의 계획을 알아야 한다는 거다.

"각하, 그냥 터트리시죠. 위험부담을 감수할 수는 없습니다."

죽이려고 한다면 방법은 너무나도 많다.

저격도 있고 독살도 있다.

사고로 죽이는 건 불가능에 가깝지만, 원거리에서 쏴 버리는 건 아무리 대통령 경호실이라고 해도 막기가 어렵다.

현대 저격 총의 사거리는 최소 800미터 이상이고 최신 저격 총은 2킬로미터 정도다.

그리고 국정원은 그런 총을 구할 수도 있고 사용할 수도 있는 실력을 가지고 있다.

"위험부담이라……."

그 말에 박기훈은 얼마간 침묵을 지키다가 말했다.

"노 위원, 아니, 노 변호사. 자네라면 어떤 선택을 하겠나?"

"터트립니다."

"거절하겠네."

"네?"

"내가 저지른 잘못이야. 내 후임에게까지 같은 잘못을 넘겨줄 수는 없지."

쓰게 웃는 박기훈.

확실히 그가 이 사실을 터트리면, 재수 없으면 다음 대통령이 그들의 손아귀에 떨어질 거다.

그리고 설사 그렇게 되지 않는다 할지라도 그들은 한 번 계획했으니 두 번도 얼마든지 할 수 있을 것이다.

"다음에 같은 일이 생기는 걸 막기 위해서라도 이번 기회에 박멸해야 해. 그렇잖아도 국정원 개혁 문제로 저항이 심하다고 하더군."

그런데 이 상황에서 국정원의 대통령 암살 미수 사건이 터진다?

그러면 그들은 저항 자체를 할 수가 없게 된다.

저항하는 순간 암살범 패거리로 몰릴 테니까.

"각하!"

경호실장이 비명에 가까운 고함을 질렀지만 박기훈의 결심은 어느 때보다 확고했다.

"웃기는군, 죽음을 바라보자 초심이 돌아오다니."

"각하, 굳이 그러실 필요는⋯⋯."

"아니야. 다음 대통령도 이 사실을 알아야 해, 자신을 죽일 수도 있다는 걸. 노 변호사 말대로 이걸 터트리면 정치 문제가 되네. 기득권의 저항 문제가 아니라 말이야."

"⋯⋯."

"그러니 현장에서 체포해야 하네. 노 변호사, 묻겠네. 자네라면 나를 어떻게 죽이겠나?"

박기훈이 결심했다면 고민할 이유는 없다.

박기훈의 질문을 받은 노형진은 잠시 생각에 잠겼다가 대답했다.

"저격하겠죠."

"역시 그건가?"

"네, 맞습니다."

일단 음식물에 대한 접근은 아무리 국정원이라고 해도 불가능하다. 당연히 독극물을 이용한 암살은 제외해야 한다.

사고는 애초에 불가능에 가까우니 제외. 그렇다면?

"결국 원거리라 이건가?"

"그렇지요."

"빌어먹을."

그게 문제다.

아무리 대통령 경호실의 능력이 좋아도 원거리 저격을 막는 데엔 한계가 있다.

총소리를 듣고 막는다?

애초에 총알은 소리보다 빠르다. 총소리가 들렸을 때는 이미 총을 맞은 후다.

"위치를 특정하는 건 불가능할 겁니다."

"막는 건 가능하지요. 애초에 그런 작전은 흔하게 하지 않습니까?"

"그거야 그렇죠."

대통령의 공식 행사가 있으면 주변 건물에 저격수를 배치하고 저격이 가능한 위치를 수색하는 건 기본 상식이다.

게다가 그걸로 끝이 아니다.

그런 위치는 군 병력을 동원해서 점거해 둔다. 당연히 수색 이후 가서 쏘는 것도 불가능하다.

정확하게는, 가능은 하지만 그러기 위해서는 우선 현장을 점거한 사람을 제압해야 한다.

"문제는 국정원은 그럴 능력이 되고, 그걸 실행하고도 남을 놈들이라는 겁니다."

그러나 국정원이 저격을 실행할 가능성을 고려하자면 저

격 가능 위치가 너무 많다는 점이 문제가 된다.

특히나 공식 행사, 그것도 공개된 곳에서 하는 행사라면 말이다.

"그런 것에 대해 잘 알 만한 사람이 한 명 있죠."

"누구 말인가? 아니, 설사 안다고 해도 믿을 만한 사람인가?"

"네. 지금으로서는 차라리 그녀가 더 믿을 만할 겁니다."

"그녀?"

그 말에 두 사람은 고개를 갸웃했다.

김소라는 침을 꼴깍 삼켰다.

예상은 했다, 믿을 사람이 없으니 자신을 부를지도 모른다고.

애초에 노형진이 자신에게 처음 말을 꺼낸 시점에 말이다.

그랬지만 진짜로 대통령과 경호실장을 만나자 긴장하지 않을 수가 없었다.

"어때 보입니까? 저격이 답이라고 생각하십니까?"

박기훈은 정중하게 존댓말로 물었다.

노형진이야 몇 년이나 알고 지냈지만 김소라는 아니니까.

"현재로서는 그게 가장 좋은 방법입니다. 근접 전략은 기본적으로 내부에 스파이나 배신자가 있어야 합니다. 그리고 지금 상황에서 국정원은 이 죄를 북한에 돌리고 싶어 합니다."

"그래서요?"

"저격은 내부 문제가 아니라 외부 문제라는 거죠."

즉, 내부에는 문제가 없었으나 외부에서 총을 쏜 것까지는 우리가 어떻게 할 수 없다고 둘러대기 쉽다는 거다.

거기에 인력을 배치했지만 제압당한 건 그들의 잘못이니까.

안타깝지만 그들이 제대로 경호를 못해서 일어난 비극이라는 소리다.

"하지만 언제 어디서 그런 짓을 할지가……."

"반대죠."

"뭐라고요?"

그런데 김소라의 말에 두 사람은 어리둥절한 얼굴이 되었다.

그게 무슨 소리인지 알아들은 노형진만이 가만히 김소라의 말을 기다리고 있을 뿐이었다.

"상대방은 암살을 실행할 정도로 마음이 급합니다. 그렇기에 선택지도 줄어듭니다."

"줄어든다고요?"

"네. 각하께서 공식 행사에, 그것도 저격이 가능한 행사에 나가는 경우는 드무니까요."

대통령이 하는 대부분의 공식 행사는 실내에서 이뤄진다.

실내라는 특성상 인원을 통제하기도 쉽고, 신분을 확인하기도 쉬우며, 저격을 막기도 쉬우니까.

경호 팀이 바보도 아니고, 저격이 제일 위험하다는 걸 모르겠는가?

"그런데 현재로서는 대통령 각하의 일정 중에 야외 일정이 거의 없습니다."

"그건 그렇지요."

"사회조직의 특성상 주요 행사는 후반기에 몰려 있으니까요."

새해에는 시작한다는 개념이 있긴 하지만 그걸 굳이 대통령이 참여해서 챙기지는 않는다.

하지만 후반기는 끝낸다는 개념이 있고 동시에 주요 국가 행사가 몰려 있기 때문에 종종 외부로 나간다.

"하지만 그때쯤이면 대통령의 개혁안이 통과된 후겠지요."

"아하!"

즉, 이미 국정원의 내부 조사 권한이 사라진 후에는 암살해 봐야 의미가 없는 것이다.

"이쪽에서 기회를 제공하면 무조건 넘어올 거라 이거군요."

"맞습니다. 마음이 급하니 서두르겠지요."

즉, 야외 행사가 진행된다면 아주 높은 확률로 서둘러서 작전을 시작할 거라는 거다.

"그리고 아마 다른 방식으로 할 거라고 생각합니다."

"다른 방식? 저격이 아니라요?"

그 말에 노형진이 되묻자 김소라가 고개를 흔들며 말했다.

"아니요. 그게 아니라, 저격은 하지만 자기들이 쏘고 도망가는 게 아니라 다른 누군가에게 죄를 뒤집어씌울 거라는 거죠."

"그게 북한 아닙니까?"

"네, 북한에 뒤집어씌울 겁니다. 하지만 여기서 문제는, 국정원이 정부에서 국정원의 국내 감찰 능력을 없애는 걸 막고 싶어 한다는 거죠."

"무슨 뜻입니까?"

"간단하게 말해서, 북한에서 내려온 누군가가 대통령 각하를 쏘고 도망갔다면 그건 제대로 일하지 않은 국정원 잘못이 된다는 겁니다."

확실히 국정원은 그런 일을 전혀 컨트롤하지 못해서 욕먹고 있는 상황이다. 무능이 하늘을 찌른달까?

"그렇게 되면 그걸 막지 못한 국정원의 전문성 문제가 대두될 겁니다. 그리고 아마 각하의 유지를 이어야 한다는 주장이 나오겠죠."

"음…… 확실히 그렇군요."

박기훈도 고개를 끄덕거렸다.

국민의 공감대를 얻지 못한 정책이라면 모를까, 현재 국정원 개혁은 모든 국민의 공감대를 얻고 있는 상황이다.

그러니 누군가는 그 유지를 이어 가겠다고 할지도 모른다.

"그걸 막기 위해서는 내부에 배신자가 생겨야 합니다."

"배신자?"

"네, 그래야 국정원이 '내부 감시 시스템의 약화로 인해 결국 이런 비극이 벌어졌다.'라고 주장할 수 있을 테니까요."

김소라의 설명을 들은 노형진은 아차 싶었다.

"아, 그 부분은 생각을 못 했네요."

"저도 이야기를 듣고 오래 조사하며 이 가설을 세운 거라서요. 북한 암살조에 의한 대통령 암살 사건. 확실히 정치인들에게는 놓칠 수는 없는 기회겠죠."

죽은 박기훈의 그림자를 자신에게 씌울 수 있다면 정치판에서 유리한 포지션을 챙길 수 있을 테니까.

그렇게 된다면 국정원 입장에서는 남 좋은 일만 해 주는 꼴이 된다.

"하지만 반대라면 이야기가 달라집니다."

내부에 배신자가 있었다. 즉, 국내에 있던 북한 추종자가 저지른 거라고 주장하면, 현실적으로 당장 국내에서 그런 놈들을 감시할 수 있는 조직은 하나밖에 없게 된다.

"국정원이라 이거군."

"맞습니다."

십수 년간 국민들을 감시하고 사찰하던 시스템은 여전히 가지고 있고, 대통령 암살이 벌어졌는데 그걸 막지 못했다는 핑계도 있다.

결과적으로 국정원은 대한민국을 마음대로 뒤집을 수 있게 되고, 그 과정에서 마음에 들지 않는 놈들에게는 빨갱이라는 죄를 뒤집어씌워 족칠 수 있게 된다. 마치 과거처럼 말이다.

"그리고 그게 성공하면 그때는 누구도 국정원의 권력에 저항하지 못하게 되는 거죠."

실제로 그런 시기가 있었다.

한국에서 대통령이 암살당한 사건이 한 번 있었고 그 당시에 국정원, 아니 중앙정보부는 누구를 죽여도 문제 삼지 못하는 무소불위의 권력을 휘둘렀다.

조사라는 이름으로 누구를 잡아가서 고문해도 문제가 되지 않았던 시기.

그들의 말 한마디에 멀쩡한 정치인이 다음 날 진성 빨갱이가 되던 시기.

"아마 그 시기를 다시 한번 재현하고 싶을 테니까요."

"음……."

생각보다 심각한 문제에 다들 아무런 말도 못 했다.

"그런 면에서 봤을 때 저는 아마 희생양을 국정원에서 직접 고를 거라 생각합니다."

"희생양?"

"네. 아무 경험도 없는 사람이 갑자기 대통령을 죽이겠다고 하는 건 말도 안 되니까요."

그렇다고 아무나 고를 수는 없다.

만일 정치적인 사상이 다르다는 이유로 대통령을 죽인다면, 다음 선거에서 유리해지는 건 민주수호당이지 국정원이아니다.

"그러니까 저격을 실행해도 이상하지 않을 사람을 고르려고 할 겁니다."

노형진은 그 말에 고개를 끄덕거렸다.

"가족을 먼저 족치겠네요."

"네. 지금이야 거의 유명무실하지만 과거에는 심각하게 따졌으니까요."

가족 중에서 월북했거나 월남한 사람이 있으면 채용되지 못하는 시절이 있었다.

가족 중 누군가 월북했으면 사상적 영향이 있을 수 있다는 이유로 채용하지 않았고, 월남했으면 북한 스파이일 가능성이 있다는 이유로 채용하지 않았다.

지금이야 그런 세대는 대부분 죽거나 아예 사회생활에서 떠났고, 손자도 아닌 증손자가 활동하는 시대니까 그런 문제를 그다지 신경 쓰지 않지만 말이다.

"한국이 민주화된 것도 있죠. 증조할아버지가 북한 출신이라고 장교에 지원하지 못하게 하는 건 불법이니까요."

"그러면 그걸 뒤집어씌우면?"

"간단하죠. 그걸 조사할 권한이 누구에게 가겠어요."

"국정원이군요."

노형진은 그 말에 쓰게 웃었다.

실제로 과거에 육사에 가기 위해서는 국정원을 통해 신분을 확인받아야 했다.

군사정권 당시에 육사 출신이라는 건 권력에 다가가는 가장 빠른 방법이었으니까.

"더군다나 국방부는 한번 비슷한 일이 있었지요."

그러면서 노형진을 바라보는 김소라.

그 눈빛을 받은 노형진은 인정한다는 듯 고개를 끄덕거렸다.

"확실히 그렇지요."

실제로 군 내부에서 북한에 충성하는 일부 장교들이 발견되었으니까.

정확하게는 친북도 친북이지만 친중이나 친일도 엄청나게 많았다.

그리고 그 당시 정부는 국방부를 믿을 수가 없었기에 그러한 장교의 조사를 국정원을 동원해서 했었다.

"만일 국가수반의 암살이 벌어진다면 가장 권력을 잡기 좋은 곳은 두 곳이에요. 국정원 아니면 군대."

법원은 판결만 할 수 있으니 할 수 있는 게 없고, 경찰은 애초에 수사는 하되 법적인 구조상 상위 권력은 못 쥐고, 검찰은 조사야 가능하겠지만 무력을 동원하는 데 한계가 있다.

언론사들이나 기타 다른 권력자들은 머리에 총을 들이대고 '빨갱이 되고 싶어?'라고 물어보면 충성을 바칠 테고 말이다.

"군이라……."

"네, 맞아요."

대통령은 공식적으로 국군 통수권자다. 그런 대통령이 죽었으니 충분히 비상을 걸고 권력 쟁취를 위한 행동을 할 수 있다.

사례가 없는 것도 아니고 말이다.

한국에서는 무려 세 번이나 사례가 있다.

"그리고 그걸 막기 위해서 국정원은 군을 제압하고 싶어 하겠지요."

"가장 좋은 건 범인이 군인이다 이거군요."

"맞아요."

군인이면 총을 쏠 줄도 알고 저격도 가능하다.

현장에 투입된 군인이라면 더더욱 그렇다.

"거기다 장교라고 하면 더더욱 그렇지요."

작전을 수행할 때 참호에는 일반적으로 두 명 또는 세 명이 들어간다.

이렇게 지켜야 할 곳이 넓은 경우에는 한 참호에 두 명이 들어갈 거다.

"배신한 장교가 병사를 제압하고 쏜다 이거군요."

"네. 불가능한 건 아니죠. 군 내부에서 장교의 명령권은 명확하니까요."

"그건 그렇죠. 거기다가 장교와 함께 들어간다면 100% 통신병일 테니."

통신병은 사주경계도 해야 하지만 동시에 무전에도 신경 써야 한다. 그러니 신경을 돌리기도 쉽고 제압하기도 쉽다.

"음……."

그 말에 경호실장은 입술을 깨물었다.

"그렇다면 경호에 동원되는 부대에서 의심되는 사람을 찍어서 죄를 뒤집어씌우겠군요."

"네."

그리고 나중에 순찰 중이던 국정원 요원에게 제압당했다고 하면 그만이다.

"그러면 그런 기회를 만들어서 놈을 잡아야 한다는 건데……."

실장은 그렇게 말하다가 다시 한번 대통령을 바라보았다.

"각하, 꼭 하셔야 하겠습니까? 아무리 대상이 국정원이라지만 각하께서 미끼가 되는 건 말이 안 됩니다."

"……."

"이 예상이 맞아서 사전에 막을 수 있다면 다행이겠지만, 실패한다면 나라가 뒤집어질 겁니다."

그 말에 박기훈도 긴 한숨을 내쉬었다.

그때 노형진의 목소리가 들려왔다. 그런데 이상하게도 그의 목소리는 묘하게 밝았다.

"대통령님의 마음은 압니다만, 제가 봐도 그건 상식에 어긋나는 일입니다. 뭔가에 욱해서 위험한 일을 하셔야 할 자리가 아님을 아셔야지요."

"끄응, 그건 그렇지만 이렇게라도 하지 않으면 어떻게 국정원을 끌어내겠나."

"대통령님이 나서시면 됩니다."

생뚱맞은 노형진의 말에 박기훈이 의아한 표정을 지었다.

"하지 말라면서?"

"그러니까 대통령님이 나서시면 되지만, 동시에 대통령님이 나서시지 않아도 됩니다."

"대리라도 세우라는 건가? 여기가 무슨 독재국가도 아니고 그렇게까지 하고 싶지는 않네만."

종종 권력자들은 암살을 피하기 위해 비슷한 사람을 대리인으로 세운다.

위장 기술이 발달한 지금은 그러기가 훨씬 더 쉬워졌다.

하지만 그건 그 사람에게 죽을 수도 있는 일을 하라는 의미가 된다. 그리고 아마도 높은 확률로 죽을 거다.

"난 남을 죽이면서까지 내 정치적 이득을 얻고 싶지는 않네. 그럴 거라면 차라리 내 입으로 터트리고 말지."

"물론 그러시겠지요. 하지만 대통령님, 과학기술은 엄청나게 발전했습니다."

노형진은 조금 전까지 무거운 얼굴을 하던 사람이라고는 생각지 못할 정도로 밝게 웃으며 말했다.

"사람들이 생각하는 것보다 훨씬 발전했지요, 후후후."

⚖️

갑작스럽게 잡힌 대통령의 야외 행사.

갑자기 무슨 변덕이 일었는지는 모르겠지만 국정원은 그 기회를 놓치지 않으려고 서둘렀다.

하지만 서두르다 보면 실수하기 쉬운 법.

그들은 해당 작전에 투입된 부대를 뒤져서 의심스러운 사람을 뽑아냈다.

그다음부터는 일사천리였다.

추적 불가능한 저격소총은 당연히 가지고 있었고, 현장에서 근무하는 장교는 저격수 훈련까지 받은 전문가였으니.

"정지! 참치!"

"골뱅이."

대통령이 도착하기 직전 국정원 요원들은 은밀하게 그 장교가 있는 곳으로 다가왔다.

"보초, 3보 앞으로!"

장교의 명령에 국정원 요원은 자신의 신분증을 꺼내서 내밀면서 다가왔다.

"충성. 무슨 일이십니까?"

"안전 점검이다."

"근무 중 이상 무."

단단하게 생긴 장교는 두 사람에게 경례하면서 현재 상황을 브리핑했다. 그리고 다른 한 명은 그런 두 사람에게는 신경도 쓰지 않고 전면을 경계하고 있었다.

나름 모범적인 경계 상태였다.

"그렇군. 별문제는 없겠어."

그렇게 말하면서 국정원 요원은 눈을 힐끔 돌렸다.

저 멀리 행사장이 보이고 그 중심에는 단상이 보인다. 몇 시간 후면 대통령이 와서 연설할 장소였다.

"좋아. 알겠네."

그 말에 함께 움직이던 요원이 슬쩍 경계하는 병사에게로 다가갔다.

"여기가 적당하겠어."

"무슨 말씀이신지…… 커억!"

그 순간 갑자기 국정원 요원이 장교를 습격했다. 그리고 그의 입을 뭔가로 틀어막았다.

이상함을 느낀 경계병이 고개를 돌리려고 하는 순간 그의 뒤로 다가간 다른 요원이 그를 제압했다.

경계병 역시 그대로 축 늘어졌다.

"쉽군."

"선배, 굳이 살려 놔야 합니까?"

꺼림칙한 얼굴로 말하는 후배에게 선배라는 작자가 차갑게 말했다.

"총성이 터지면 죄다 몰려올 거다. 그런데 이 날씨에는 시체가 빨리 식어. 그러면 우리 계획이 들통날 거야."

그들의 계획은 간단했다.

이번 대통령 저격 혐의를 눈앞에 있는 남자에게 뒤집어씌우는 것.

저격수 출신의 대위다. 당연히 경력으로는 충분하다.

더욱 마음에 드는 건 그의 증조할아버지가 북한군 대좌 출신이라는 거다.

한국으로 치면 대령으로, 엄청 고위직이다.

6.25 때 포로로 잡혔다가 전향해서 고향인 북한으로 돌아가지 않고 남한에 남았지만, 그렇다고 빨갱이 출신이라는 사실이 사라지는 건 아니었다.

더군다나 그의 할아버지는 광주민주화운동, 아니 이들 입장에서는 '광주 폭동'으로 유공자 인정까지 받은 사람이었다.

그의 아버지는 선생님이지만 다른 것도 아닌 그 악명 높은 전교조 출신이다.

그야말로 진성 빨갱이 집안이라는 소리다.

"빨갱이라고 뒤집어씌우기에는 너무 좋은 놈이지."

"박기훈 그놈이 빨리 왔으면 좋겠네요. 날씨가 너무 추워요."

"안달하지 마. 조만간 대한민국이 활활 불탈 테니까, 후후후."

⚖

그렇게 몇 시간이 지났는지 모른다.

중간에 묶어 둔 놈들이 깨기는 했지만 미리 준비한 약으로 다시 재우는 건 어렵지 않았다.

"올라온다."

행사가 시작되고 잠깐의 인사가 끝난 후에 드디어 대통령이 연설할 시간이 되었다.

그리고 예정된 시간에 정확하게 단상에 올라오는 대통령.

"맞습니다."

옆에서 망원경을 들고 확인하던 후배가 줌을 최대한 당겨서 신분을 확인했다.

"멍청한 놈. 우리를 팽하려고 하더니 결국 우리 손에 죽는군."

그렇게 말하면서 저격수는 미리 준비한 저격용 라이플을 조준했다.

조준경으로는 아주 작게 보였지만 전문 저격수인 그에게는 그것만으로도 충분했다.

거기다 거리가 아주 먼 것도 아니었다.

"풍향은 초속 1미터. 우측 방향. 사거리 450미터."

조용히 제원을 말하며 관측수 역할을 수행하는 후배.

이윽고 대통령은 단상에서 연설을 시작했다.

-친애하는 우리 국민 여러분.

마이크로 연결해서 그런지 여기까지 쩌렁쩌렁 울리는 대통령의 목소리.

누가 봐도 대통령이 온 거다.

"흐읍."

저격수는 총을 쏘기 위해 숨을 참았다.

천천히 방아쇠가 잡아당겨졌고, 다음 순간 한 발의 총성이
울렸다.

탕.

사방에 울리는 총성.

다들 그걸 들었을 테고 이제 여기서 도망갈 시간이었다.

"이제 튀자."

총에는 미리 저쪽에 있는 장교의 지문을 묻혀 놨으니 이제
범인은 그가 될 것이다.

자신들은 멀리서 뛰어오는 척하면서 잠재워 둔 두 사람의
머리에 납탄을 박아 두기만 하면 된다.

하지만 상황은 뜻대로 흘러가지 않았다.

"빗나갔습니다!"

"뭐? 그럴 리가!"

자신의 실력에 대한 확신으로 가득하던 저격수가 되물었다.

하지만 믿을 수 없게도 그건 현실이었다.

"빗나갔습니다. 아직도 연설 중입니다."

"이런 제길! 아니, 아직도 연설 중이라고?"

말도 안 된다.

아무리 총알이 소리보다 빠르다고 해도 저들도 총소리를
들었을 거다.

그런데 아직도 연설을 한다고?

실제로 단상 아래에 있던 사람들은 순간 어리둥절한 표정

이 되었지만, 대통령이 멈추지 않고 계속 연설하자 그냥 자리를 지키고 있었다.

심지어 바로 옆에 있는 대통령 경호실조차도 꼼짝하지 않았다.

"선배?"

"젠장, 한 번 더."

다급하게 다시 한번 조준하고 방아쇠를 당기는 저격수.

이번에는 빗나갈 리가 없다고 생각했다. 틀림없으니까.

하지만……

ㅡ빛나는 조국의 중흥을 이어 나갈∼.

"이게 무슨……"

마치 마법처럼 대통령은 그 자리에서 계속 연설을 하고 있었다.

그러나 그 앞에 앉은 사람들은 확실히 이상함을 느끼고 웅성거리고 있었다. 즉, 총성을 들었다는 거다.

"그런데 왜?"

"선배, 도망가야 합니다."

"젠장."

방법이 없었다.

이대로라면 주변 참호에 있는 놈들이 달려올 테니까.

"어쩔 수 없지, 우리가 갔다 돌아올 시간은 없으니."

바로 참호에 있던 두 사람을 총살하기 위해 권총을 꺼내

드는 선배.

그러나 그는 결과적으로 총을 쏠 수가 없었다.

"손들어. 더 이상 손이 움직이면 쏜다."

바로 옆에서 들리는 차가운 목소리에 두 사람은 그대로 굳어 버렸다.

주변에 아무도 없었으니까.

그러나 그건 그들의 착각이었다.

갑자기 땅이 불쑥 열리더니 자신을 조준한 사람들이 튀어나온 것이다.

"비트……."

비트는 참호와는 완전히 다른 개념이다.

참호는 앞에서 나오는 총알을 막기 위해 만드는 거라면, 비트는 아예 자기 자신을 감추기 위해서 만드는 거다.

제대로 만든 비트는 티가 나지 않는다.

특히 사방이 지저분한 숲이나 산일 경우, 비트는 수색용 꼬챙이 같은 걸로 찔러 보기 전에는 못 찾는다.

당연히 주변에 비트가 있었다는 걸 몰랐던 두 사람은 그에 대해 조금도 의심하지 않았다.

그러나 그 안에 숨어 있던 특전사 요원들은 모든 것을 지켜보고 있었기에 분노에 찬 눈빛으로 튀어나온 것이다.

"손가락 하나라도 까딱해 봐. 납탄으로 머리를 박살 낼 테니까."

그 말에 그들은 순간 곤란한 표정을 지었다.

그러나 이내 결국 포기하고 순순히 손을 들었다.

그렇게 특전사들이 그들을 제압하는 사이에 다른 사람들이 몰려와서 잠든 두 사람을 깨우기 시작했다.

"으음……."

"선배, 선배. 좀 일어나 봐. 아니, 대체 약을 얼마나 쓴 거야?"

"헬기부터 불러라."

"그나저나 이 새끼들, 한 대만 패면 안 됩니까?"

"안 돼. 이제부터 공중파 타실 분들이야. 면상에 기스 나면 안 되지."

특전사로 보이는 군인들의 말에 두 사람은 차라리 자살을 선택해야 했나 하는 후회를 할 수밖에 없었다.

⚖

초유의 대통령 암살 시도.

대한민국을 발칵 뒤집기에 충분한 일이었다.

더군다나 그걸 실행한 곳이 다른 곳도 아닌 국정원, 심지어 고위 요원이라는 사실에 국정원 개혁을 넘어서 해체를 주장하는 사람들이 생겨날 정도였다.

"진짜 이런 일이 벌어질 거라고는 생각하지 못했습니다. 아무리 정치적 입장이 다르다지만……."

"사실 정치적인 입장은 문제가 안 됩니다. 이건 이권의 문제죠. 아시지 않습니까? 정치적 문제에 매달리는 건 결국 아랫사람들뿐입니다. 정작 윗선은 돈만 된다면 정치적인 입장이나 권한은 그다지 중요하게 생각하지 않습니다."

박기훈 대통령은 충격을 받은 눈치였다.

설마설마하면서도 진짜로 총을 쏘는 놈이 나올 줄은 몰랐으니까.

"국정원 요원에 대한 검거 작전은 어떻게 됩니까?"

"특전사를 비롯해서 주요 인원을 총동원 중입니다. 특히 블랙 요원의 경우는 전원 소환 명령을 내렸습니다."

그중에서 얼마나 돌아올지 모르지만 말이다.

그런데 그들의 대화를 잠자코 듣고 있던 노형진이 불쑥 말했다.

"좀 늦으셨네요."

"늦었다고요?"

"오광훈 검사를 비롯해서 저희 쪽에서 벌써 일곱 명이나 체포했습니다."

그 말에 박기훈과 경호실장은 깜짝 놀랐다.

"그게 무슨 말인가?"

"철수 요원 이야기는 들으셨죠?"

"들었지."

"그들은 영희 요원이 중국으로 도주했다고 생각하고 있었습니다. 이를 반대로 생각해 보면, 자기들도 여차하면 중국으로 도주할 생각을 하고 있었다는 뜻이 되죠."

부처 눈에는 부처만 보이고 돼지 눈에는 돼지만 보인다.

본인들이 여차하면 중국으로 도주할 생각을 하고 있기 때문에 영희 요원도 중국으로 도주할 거라 생각한 것이다.

그 점에 착안한 노형진은 혹시 몰라서 스타 검사들을 총동원해서 밀출국이 가능한 곳을 수색하게 했다.

그리고 오광훈을 비롯한 스타 검사들은 다급하게 중국으로 도주하던 국정원 요원 일곱 명을 현장에서 체포할 수 있었다.

"국가 기밀을 바리바리 싸 들고 중국으로 넘어가려 하고 있더군요."

"끄응."

하긴, 대통령 암살에 실패했으니 중국에 자료를 넘기고 보호를 요청하는 수밖에 없었을 거다.

중국이라면 보호도 해 주고 적잖은 돈도 줄 테니까.

"국정원이 어쩌다……."

"견제받지 않는 권력은 부패할 수밖에 없습니다."

그리고 한국은 상당수 권력이 견제받지 못한다.

물론 서로 견제하도록 시스템이 구성되어 있지만 그들은 서로를 견제하는 것보다는 손잡는 걸 더 선호한다.

"그나저나 현장에서 모두가 속을 줄은 몰랐는데."

"과학기술이 생각보다 많이 발전했다니까요. 일본이 아날로그 국가라고 비웃지만 기술만큼은 세계 제일입니다. 그 애들은 기술이 없는 게 아니에요. 쓸 줄을 모르는 거지."

노형진이 이번 작전에서 쓴 방법은 간단하게 말해서 무대에 홀로그램을 세우는 것이었다.

사실 이런 홀로그램 기술은 상당히 발달했는데, 그중에서도 일본의 기술력은 아예 티가 나지 않을 정도로 정교하게 투영하는 게 가능하다.

실제로 일본은 죽은 가수를 홀로그램으로 만들어서 무대에 세우기까지 했다.

"이게 실용화되지 않은 건 단순히 돈의 문제일 뿐입니다."

제작 비용은 엄청나게 비싼데 겨우 한 번 쓰고 버려야 하니까.

그걸 제작하느니 차라리 그 가수를 직접 부르는 게 더 싸게 먹히다 보니, 한국에서는 아무래도 홀로그램 영상을 만드는 데 한계가 있다.

"하지만 기술은 존재하죠."

돈만 준다면 어느 정도 거리가 있는 곳에서는 알아차리지 못할 정도로 정교한 홀로그램 영상을 만들어 낼 수 있다.

"하긴, 현장에 있던 사람들도 눈치를 못 챘으니까요."

대통령이 단상에 올라가는 순간부터 내려가는 부분까지 모두 홀로그램이었다. 심지어 주변의 경호원조차도 홀로그램이었다.

그런데도 단 아래의 사람들조차도 그게 이상하다는 걸 몰랐는데, 과연 원거리에서 스코프로 본 저격수가 이상함을 알아챘을까?

아무리 배율이 좋아도 450미터면 사람이 게임에서처럼 크게 보이지는 않는다.

즉, 저게 홀로그램이라는 걸 알아채는 건 그 거리에서는 불가능하다.

그 결과 국정원 요원은 방아쇠를 당겼고, 돌이킬 수 없는 강을 건너고 말았다.

"멍청한 놈들입니다, 이렇게 뻔한 거짓말에 속다니."

"슬픈 일이죠. 대한민국 국정원이라는 정보 집단의 정보전 능력이 박살 났다는 의미니까."

사실 그들이 표적으로 삼은 장교는 존재하지 않는 사람이었다.

정확하게는 한 사람의 인생을 가짜로 설계해서 국방부를 통해 시스템에 넣은 것이다.

증조할아버지는 북한군의 대좌 출신에 할아버지는 광주민주화운동 유공자에 아버지는 전교조 출신 선생님이라니.

"김소라 씨 말처럼 뒤집어씌우기에 아주 좋은 사람이었죠."

그랬기에 그들은 그게 자신들의 취향에 맞게 만들어진 인생이리라고는 상상도 못 하고 덥석 물었다.

실제로 그런 사람이 여럿 배치되었고 그 주변에는 모두 비트를 파고 특전사들이 감시하고 있었다.

혹시나 현장에서 국정원 요원이 위험 행동을 하려고 하면 바로 사살할 예정이었지만, 김소라의 예상대로 죄를 뒤집어씌우기 위해 현장에서 장교를 죽이지 않았기에 다들 증거를 잡을 기회만 노리며 참고 있었던 것이다.

"덕분에 내 마지막 개혁은 쉽게 이루어질 수 있겠어."

박기훈은 힘들면서도 후련한 표정이 되어 있었다.

"피를 많이 보셔야 할 겁니다."

"봐야지."

노형진의 말에 그는 쓰게 웃었다.

임기가 끝나 가는 지금에야 알 수 있었다.

기득권 세력은 피를 볼지언정 자신을 살려 둘 생각이 없다는 것을.

협치라는 건, 그리고 탕평이라는 건 환상에 지나지 않았다는 것을.

"다음 대통령을 위해 내 기꺼이 피를 보도록 하지."

박기훈의 결심은 어느 때보다 확고했다.

강자의 게임

"야, 이 싯팔."

한국에는 수많은 게임들이 있다.

그리고 게임을 하는 수많은 사람들은 매일같이 경쟁하고 또 승리하기 위해 노력한다.

"이 개 같은 새끼가!"

그중 일부는 억울한 감정을 감추기 어려워지기도 한다.

"저 새끼는 뭐야?"

게임을 하던 한수중은 자신을 따라다니면서 죽이고 있는 남자를 보며 이를 박박 갈았다.

"또 죽었어?"

"아니, 싯팔. 뭐 하자는 거야?"

제국세기라는 오래된 게임. 그 게임의 상위 랭커 중 한 명인 한수중은 자신을 집요하게 괴롭히는 놈을 보며 눈을 찡그렸다.

"형님, 왜 그래요?"

"글쎄, 어떤 새끼가 나를 벌써 몇 번째 죽이는 거야."

"어떤 새끼가요?"

"몰라. 처음 보는 새끼야. 아니, 이 새끼 때문에 지금 벌써 몇 번째 렙다야?"

렙다.

게임을 하는 사람들이 쓰는 표현으로, 레벨 다운을 의미한다.

이 게임을 비롯한 일부 게임들은 죽는 경우 레벨이 떨어진다.

그만큼의 경험치를 상실하는 방식으로 운영되는데, 이 게임의 경우에는 경험치가 해당 레벨의 최저한도를 찍는다고 해서 끝나지 않는다.

만약 레벨이 50인데 더 잃을 경험치가 없으면 레벨이 49로 내려가면서 필요한 만큼의 경험치가 사라진다.

"이런 개 같은 새끼가."

그리고 한수중은 다시 한번 쓰러지는 자신의 캐릭터를 보면서 눈이 뒤집어졌다.

레벨이 90이었던 캐릭터는 어느 틈엔가 레벨 88이 되어 있었다.

수치상으로는 2레벨이 떨어졌을 뿐이지만, 이걸 고작이라고 말할 수는 없었다.

이 게임은 레벨을 올리기가 더럽게 힘들기로 소문났으니까.

물론 90렙이 아주 높은 레벨은 아니다. 게다가 부캐릭터이기도 하고.

하지만 중요한 건 그게 아니었다.

"내 아이템!"

쓰러진 자신의 캐릭터 위에서 춤추는 모션을 보여 주고 있는 캐릭터.

그리고 옆에 드롭되어 있는 자신의 갑옷.

그 모습에 한수중의 눈이 뒤집히지 않을 수가 없었다.

자신이 직접 만든 아이템이었다.

만드는 게 쉽지도 않았다.

재료들은 돈을 들여 뽑기로 뽑는 것과 몬스터에게서 드롭되는 것으로 구성되는데, 뽑기에는 막대한 돈이 들어가는 데다 몬스터에게서 드롭되는 것도 확률이 터무니없이 낮아서 차라리 돈 주고 사는 편이 나을 정도였다.

그런데 심지어 제작에도 확률이 있고, 성공률이 엄청나게 낮은 데다, 실패하면 처음부터 다시 시작해야 했다.

그렇게 만든 저 갑옷에 들인 돈만 3,800만 원이다.

무려 3,800만 원.

차 한 대 값이 저 장비 하나에 들어간 것이다.

"제발…… 그것만은 제발. 야, 저거 가서 빨리 찾아와."

한수중의 말에 저만치서 같은 길드의 사람이 갑옷을 회수하기 위해 재빨리 달려오는 것이 보였다.

'제발 못 봐라.'

운이 좋다면 못 보고 갈 테니 그 뒤에 회수하면 된다.

"으아악, 이 개새끼!"

하지만 춤을 추는 모션이 끝나자 놈은 그 아이템을 들고 그대로 귀환했다.

그 모습을 보며 한수중은 머리를 부여잡았다.

"저 개새끼 뭐야!"

"갔어요?"

"씨팔. 갔어! 아이템 가지고 튀었다고! 저 새끼 죽여 버릴 거야!"

자신을 놀리면서 사라진 캐릭터의 모습에 분노에 미쳐 날뛰는 한수중.

그런 한수중을 보면서 같이 게임을 하던 사람들이 혀를 끌끌 찼다.

"그거 얼마나 한다고 그래요."

3,800만 원. 엄청 큰 금액인 것 같지만 제국세기에서는 거지 취급받기 딱 좋은 돈이다.

한수중의 이 캐릭터도 재미 삼아서 키우는 부캐릭터다.

보통 이 게임의 본캐에는 거의 50억 이상을 꼬라박는 만큼 3,800만 원은 그냥 말 그대로 취미일 뿐이었다.

"그게 중요한 게 아니잖아! 벌써 몇 번째냐고, 개새끼가."

그놈은 한수중의 캐릭터 하나만을 노리며 몇 시간을 죽이고 있었고 그때마다 그를 놀렸다.

게다가 이미 수차례 놈에게 죽은 만큼 떨군 아이템이 한두 개가 아니었다.

"아이, 씨팔. 저 새끼 죽여 버린다."

당장이라도 본캐릭터를 가지고 와서 죽여 버리려는 찰나, 누군가 자신의 핸드폰으로 통화하면서 그들이 모여 있는 사무실로 들어왔다.

말이 사무실이지, 사실상 돈 있는 사람들이 모여서 게임을 하기 위해 빌린 공간이기에 여기에 오는 사람이 한둘이 아니었다.

"어, 진짜로? 지금 도착했는데, 잠깐만."

막 들어온 남자는 한수중을 불렀다.

"수중이 형, 혹시 오늘 뒤치기 당했어요?"

"뒤치기? 한두 번 당한 줄 아냐?"

"혹시 그 새끼가 누군지 알아요?"

"그렇잖아도 잘 왔다. 안 그래도 그 새끼 담가 버릴 거야. 같이 가자."

"아니, 그 새끼가 누구냐고요."

"멋진쩡이라는 놈인데 왜? 아는 새끼야?"

"아니요. 형이 지금 뒈진 거 중계 중이라는데요?"

"뭐?"

그 말에 한수중은 순간 이해가 되지 않았다.

자신이 뒈지는 걸 중계하는 중이라니?

"뭔 소리야?"

"형 캐릭터, 열광군주 맞죠?"

"맞아."

"그 멋진쩡이라는 새끼가 지금 형님만 다섯 시간째 썰고 다닌 것도 맞죠?"

"그걸 네가 어떻게 알아?"

"그 새끼가 형님 캐 죽이는 걸 중계 중이라는 얘기를 들었거든요."

"그러니까 어디서 중계를 하는데?"

"유툽요."

"유툽?"

"잠깐만, 내가 나중에 다시 전화할게."

전화를 끊은 남자는 유툽에 접속해 거기에서 누군가의 방송 영상을 찾아 보여 줬다.

─역시 쪽도 못 쓰고 썰리죠? 캬, 역시 이게 현질의 맛이라니까요. 거지새끼들 써는 이 맛.

"거지새끼?"

영상에서는 방금 전 죽은 한수중의 캐릭터 위에서 웬 낯익은 캐릭터가 춤추는 모습이 중계되고 있었고, 그 한구석에서 한 남자가 낄낄거리면서 웃고 있었다.

죽은 건 한수중의 캐릭터, 그리고 죽인 건 그 멋진쩡이라는 캐릭터였다.

"뭐야? 그러니까 내가 지금 뒈지는 게 방송에 나간 거야?"

"네."

"다섯 시간 동안?"

"애초에 방송 시작할 때 형 캐릭터를 찍어서 형님이 오늘 섭종할 때까지 죽이기로 했다는데요?"

"이 개 같은……."

죽은 것도 열 받는데 심지어 그게 방송에 나갔다는 사실에 한수중은 눈이 돌아갔다.

"야! 이 새끼 주소가 어디야? 오늘 죽여 버릴 거야!"

"형님, 참아요! 형 벌써 지난번 현피 때문에 벌금 맞았잖아요!"

"이 새끼야, 이게 참을 일이야?"

길길이 날뛰는 한수중을 말리기 위해 모두가 매달렸고, 그 때문에 사무실은 혼란스러워질 수밖에 없었다.

⚖️

"그러니까 이 새끼를 잡아 달라고?"

"네, 검사님."

"이 새끼들아, 내가 검사지 청부업자냐?"

오광훈은 자기를 찾아온 남자들을 노려보면서 물었다.

"그게, 저희 형님이 눈이 돌아가서요. 이러다 누구 하나 죽습니다, 검사님."

자신을 찾아온 깡패 새끼의 말에 오광훈은 기가 막혔다.

회귀 전에 조폭 출신이었기 때문에 다른 검사들보다는 이런 놈들과 대화가 잘 통하는 건 사실이다.

딱히 이들을 위해 선처를 해 주는 건 아니지만 최소한 그들의 사정도 모르고 날뛰는 검사들보다는 말이 통했다.

하지만 아무리 말이 통해도 그렇지 검사인 자신에게 청부를 하다니, 오광훈 입장에서는 기가 막힐 지경이었다.

"세상 참 기가 막히네. 조폭 새끼들이 검사에게 와서 범인을 잡아 달라고 하다니."

"이건 저희가 범죄를 저지르려는 게 아니라 오히려 범죄를 막으려는 겁니다, 검사님."

그 말에 오광훈은 눈을 찡그렸다.

하지만 이해가 되기도 했다.

제국세기는 조폭들이 많이 하는 게임 중 하나니까.

그걸 뭐라고 할 수는 없다.

조폭이기 전에 사람이고, 그들이 자기들끼리 게임을 하는 건 문제가 안 된다.

아니, 자기들끼리 치고받는 게임만 해 주면 도리어 고맙다.

"그런데 그걸 왜 나한테 찾아와서 말해, 이 새끼들아. 경찰을 찾아가야지."

"경찰에서는 수사 대상이 아니라고 해서요. 형님이 좀 도와주시면…… 헤헤헤."

"지랄. 형님이라고 하지 마라."

오광훈은 재차 눈을 찡그렸다.

그도 조폭이었기에 안다. 조폭이나 범죄자들이 어떤 식으로 검사를 길들이는지.

이런 식으로 슬쩍 도움을 요청하고, 검사가 도움을 주면 감사하답시고 밥 사 주고 술 사 주고 여자 끼워 주고 나중에는 돈도 준다.

그러다 코가 꿰이고 나면 일종의 공생하는 관계, 나쁘게 말하면 부패한 검사로 만드는 거다.

조폭이 아무리 생각이 없기로서니 형님 현피를 막겠다고 자신을 찾아오겠는가?

당연히 아니다. 그저 핑계일 뿐이다.

"지랄하네, 이 새끼들이. 누가 형님이야? 가서 전해, 현피하고 싶으면 하라고. 그런데 현피 하는 순간 특송으로 감방 보내 버린다고."

똥 씹는 얼굴이 되는 조직원들.

핑계 김에 슬쩍 친해지고 싶었기 때문이다.

'새끼. 존나 까다롭네.'

다른 검사들은 이쯤 되면 호형호제하면서 같이 룸살롱도 가고 오입질도 하는데 오광훈은 그게 먹히지 않아 곤란한 상황이었다.

그때 조직원 중 하나가 심각한 표정으로 슬그머니 나섰다.

"그게, 이번에는 농담이 아니라서요."

"뭐가?"

"형님이 좀 욱해서요. 그냥 현피를 뜨는 게 아니라 회사를 때려부수겠다고 난리예요."

"회사? 상대방 조직이 아니고?"

"그, 유튭에서 중계가 되어서……."

"뭐? 유튭?"

오광훈은 그 말에 어이가 없어서 다시 물었다.

그러자 남자들은 대답하는 대신 영상을 틀어서 보여 줬다.

영상을 한참 보던 오광훈은 황당해진 나머지 말을 툭 던졌다.

"이걸 중계했다고?"

"네."

"빡칠 만하기는 하네."

자존심으로 먹고사는 조폭들에게 이러한 행위는 분명히 문제가 될 수도 있다.

"그런데 회사라니?"

"이 새끼가 그 회사 소속이더라고요. 어디더라? 사시미?"

"사하라, 이 새끼야."

"아, 사하라."

해당 유투버는 사하라라는 소속사 소속으로 구독자만 100만 명인 사람이다.

그렇다 보니 자택 주소는 못 찾고 회사만 찾았는데, 한수중이 모조리 박살 내겠다고 길길이 날뛰고 있다는 것.

"끄응."

그 말에 오광훈은 고개를 절레절레 흔들었다.

'이러면 이야기가 달라지는데.'

자기들끼리 현피를 하든 칼질을 하든 그건 알 바 아니지만 멀쩡한 기업을 박살 내는 건 또 다른 문제다.

더군다나 자신이 몰랐다면 모를까, 이미 알고 있는 상황에서 방치하면 나중에 신나게 두들겨 맞을 거다.

"하, 씹새끼들."

문제는 이것과 관련하여 자신이 뭘 해 주기에는 애매하다는 거다.

범죄가 아닌데 검사가 뭘 한단 말인가?

"야, 내가 아니라 변호사를 찾아가."

"변호사들도 방법이 없다는데요?"

"죄다 방법이 없다는데 나보고 어쩌라고?"

"혹시나 하고……."

"야, 이……."

당장 쫓아내려던 오광훈은 결국 한숨을 푹 내쉬었다.

"내가 잘 아는 변호사가 있으니까 한번 물어볼게."

"뭐라고? 게임 내에서 발생한 플레이어 간 공격 행위?"

"응."

"그게 가능하겠냐?"

"아니, 전에는 그걸로 뭔가 하지 않았냐?"

"그거랑 이건 다르지."

어렴풋하게나마 노형진이 게임사에 엿을 먹인 걸 기억하고 있었던 오광훈은 노형진을 찾아왔다.

실제로 노형진은 그때 대형 게임사 하나를 거의 쓰러지기 직전까지 몰고 갔다.

"그건 어디까지나 기업과 유저 간의 문제였지."

노형진이 게임사와 부딪친 건 두 번이다.

하나는 게임 내의 방치 문제, 다른 하나는 게임 내의 도박 문제.

"하지만 그 사건에서도 플레이어 간 분쟁 문제가 있기는 했잖아."

"있었지. 하지만 그 사건 이후에 게임사들이 약관을 바꿨잖아."

"뭐?"

"그 전에는 플레이어 간 분쟁 관련해서 제대로 된 조항이 없었거든."

한국의 게임, 특히 제국세기 같은 경쟁 게임은 플레이어 간의 죽고 죽이는 행위에 대해 딱히 조건을 붙이거나 하지는 않았다.

정확하게는, 플레이어 캐릭터 간의 분쟁에 대해 언급할 필요가 없었다.

유저들이 그러한 조건을 알고 시작하니까.

설사 인식한다고 해도 조항은 개인 간 분쟁에 기업은 관여하지 않는다는 수준이었고, 노형진은 그 부분이 아닌 다른 영역, 즉 게임사는 플레이어에게 정상적인 게임 서비스를 제공하지 못하고 있다는 부분을 물고 늘어져서 이긴 것이었다.

"그게 달라?"

"다르지. 애초에 말이야, 그 소송의 핵심은 플레이어 간의 무력 분쟁이 아니었어. 플레이어 간의 사냥터 통제였지."

이 두 가지는 완전히 다르다.

전자, 즉 분쟁의 경우는 법적으로 게임사가 아무런 권한도 없다고 약관에 명시해 놨으니까.

"하지만 사냥터 통제의 경우는 달라. 법적으로 게임 내 가상공간의 소유권은 회사에 있거든."

그럴 수밖에 없는 게, 만일 가상 자산의 소유권을 플레이어에게 인정한다면 이익이 나지 않을 경우 게임의 서비스를 종료하는 게 불가능해지기 때문이다.

"그게 많이 다른가?"

"끄응, 이렇게 표현하면 이해가 쉽겠네. 건물 세입자 중 일부가 갑자기 손님을 통제한다고 해당 건물에 오는 모든 손님을 쫓아내는 거랑 비슷해."

"아, 조폭 새끼들이 건물을 빼앗을 때처럼?"

"그래, 맞아."

당연히 그건 소유권을 가진 게임사가 해결해야 할 문제다.

현실에서도 그런 짓을 하는 조폭들을 건물의 주인이 방치하는 경우 신의성실의원칙 위반으로 건물주가 손해배상까지 싹 다 해야 한다.

"무슨 뜻인지 알겠네."

어찌 되었건 소유권과 정당한 사용료를 지불한 관계에 대한 문제이기 때문에 해결이 가능하다.

"하지만 이건 지역에 대한 통제가 아니잖아."

플레이어 간의 분쟁이고, 그게 수년간 또는 수십 년간 계속된 것도 아니다.

"그걸 내가 어떻게 해결하냐?"

"이러다간 진짜 머리 아파지는데."

오광훈은 고개를 절레절레 흔들었다.

"그 사하라인지 고비인지한테 적당히 사과하고 끝내라고 해."

"그게 되면 오죽 좋겠냐. 그런데 이 미친 새끼들이…… 후우……."

"또 왜?"

"봐라."

오광훈은 고개를 흔들면서 핸드폰에 중계 영상을 띄워 내밀었다.

그 영상은 노형진이 보기에도 기가 막혀서 말이 안 나오는 수준이었다.

–형님들, 우리가 그날 조진 새끼가 조폭이랍니다. 하하하. 조폭 새끼가 플레이하는 거 방해하지 말래요, 하하하. 이게 말이 됩니까? 그러므로 앞으로 우리는 사회의 발전을 위해 조폭 척결에 앞장서겠습니다. 열광군주랑 같은 길드 새끼들이 이 게임을 접을 때까지 척살하겠습니다. 어이쿠, 쩡이만세 님. 10만 원 도네 감사합니다. 딸랑딸랑.

"미친 거냐?"

기가 막힌 노형진은 영상을 처음부터 돌려 보았다.

하지만 아무리 봐도 이 유투버는 대놓고 선전포고를 하고 있었다.

"뭐 하자는 거야?"

"아예 공개적으로 선전포고하면 못 건드릴 거라고 생각한 모양인데?"

"틀린 말은 아닌데……."

노형진은 그 말을 들으면서 눈을 찡그렸다.

노형진 역시 그런 방식으로 피해자를 종종 보호하곤 하니까.

"더군다나 이런 방식은 돈이 되기도 하고."

사실 제국세기가 조폭들이 많이 하는 게임이라는 건 딱히 비밀도 아니다.

심지어 두 조폭 집단이 게임에서 싸우다가 현실에서 사시미와 각목으로 현피까지 뜨게 되어 사망자와 부상자가 나온 일이 있을 만큼, 제국세기는 조폭들이 좋아하는 게임이다.

단순하고, 직관적이고, 돈을 처바른 만큼 강해지니까.

복잡한 컨트롤도, 머리싸움도 없이 현질만 하면 강해지는 제국세기는 조폭들이 하기에는 아주 좋은 게임이었다.

"돈이 된다고?"

"그래. 일종의 속임수지."

조폭이 많이 하는 게임이라 깨끗하게 청소하겠다고 공격한다?

그게 무슨 의미가 있겠는가?

사실 조폭 캐릭터들을 척살하고 다닌다고 해서 갑자기 조폭들이 '아, 내가 인생 헛살았구나.' 하고 깨달음을 얻고 똑바로 살겠다고 결심하는 것도 아니고 말이다.

"더군다나 솔직히 말해서 조폭들이 한 짓거리가 한두 개야?"

"그건 그렇지."

"자기들이 할 때는 좋다고 낄낄거려 놓고 자기들이 당하니까 억울하다고 하는 건 무슨 심보라니?"

노형진 입장에서는 아무리 노력해도 조폭들을 좋게 생각할 수가 없었다.

조폭들이 게임에서 매너 플레이를 할까?

그럴 리가 없다.

그들도 자기보다 약한 사람이 나타나면 괴롭히고, 조금 마음에 안 들면 조폭들끼리 척살령이라는 것을 내려서 그 사람이 접을 때까지 죽이고 다닌다.

"그런데 당하는 입장이 되니까 세상 억울하다고?"

"끄응."

"솔직히 말해서 나는 결국 두 집단 다 도긴개긴이라고 생각해."

조폭들이나, 어떻게 해서든 이슈 좀 빨아먹고 돈 좀 벌어보겠다는 쩡이인지 사하라인지 하는 놈들이나, 결국 사회에는 도움이 안 되는 놈들이다.

"자기들끼리 치고받든 말든 내가 알 바 아니지."

"안 해 준다는 거야?"

"안 해 줘. 변호사라고 해서 사건에 대한 선택권이 없는 건 아니니까."

변호사라고 해서 사건이 들어오면 무조건 받아서 해결해

야 하는 건 아니다.

　자기와 맞지 않거나 양심의 가책이 느껴지는 사건을 꼭 받을 이유는 없다.

　노형진의 말에 오광훈이 곤란한 얼굴을 했다.

　"하지만 이 새끼들이 선전포고를 했다고 내게 말했는데. 나한테 불똥이 튈 것 같은데, 어쩌지?"

　"방향을 바꾸면 되지."

　"어떻게?"

　"사하라에서 이렇게 대놓고 위협받았다고 했잖아. 그러면 너는 인지 수사로 들어가 버려. 아니면 다른 검사한테 넘겨 버리든가."

　"인지 수사?"

　"그래…… 아니다. 넘기는 게 좋겠다. 그게 속 편하겠다. 네게 한번 찾아왔다며? 그거 영상 있지?"

　"그거야 있지. 아하!"

　해당 영상을 근거로 자신과의 관계가 의심될 수 있다면서 인지 수사의 필요성을 건드리며 보고하면, 검찰 상부에서는 다른 검사를 배정해서 수사할 거다.

　"그렇잖아도 너한테 실적 주는 거 별로 안 좋아하는 새끼들 천지잖아."

　"그렇지."

　"그러니까 넘겨. 그럼 별일 없을 거야. 애초에 이건 다 돈 때문에 하는 쇼야."

노형진의 말에 오광훈이 의아한 표정을 지었다.

"쇼라고?"

"그래. 게임사에서도, 그 사하라인지 고비사막인지도 결국 일을 키우지는 않을 거야. 물이 다 빠지면 다른 짓을 하겠지. 네가 생각하는 뒤통수를 푹 찌르는 일 같은 건 전혀 없을 테니까 걱정하지 마."

노형진의 말에 오광훈은 고개를 끄덕거렸다.

그렇잖아도 양쪽 다 병신 짓거리를 하는 게 웃기기만 했다.

"그럼 난 옆에서 구경만 하면 되겠네."

"그게 최고지."

이때까지만 해도 노형진은 이 사건이 이렇게 끝날 거라 생각했다.

그렇기에 이 사건 이후의 상황이 어떻게 돌아갈지 전혀 신경 쓰지 않았다.

⚖️

몇 달 뒤, 한가로운 오후였다.

노형진의 사무실 문이 슬머시 열리더니 익숙한 사람이 고개를 들이밀었다. 다름 아닌 서세영이었다.

"오라버니, 나 사건 하나만."

"또 왜 그러실까?"

"내가 사건을 하나 부탁받았는데 너무 힘들어서."

"부탁?"

노형진은 서세영의 말에 고개를 갸웃했다.

"부탁이라니? 뭔 부탁?"

보통 사건은 배당받지 부탁받지는 않는다.

물론 개인적으로 자신이 원하는 사건을 선택하지 말라는 규정은 없다.

하지만 아직 법률계에서 이름이 알려지지 않은 서세영은 지명 사건이 없다고 봐도 무방했다.

"지명 사건인 거야?"

"지명은 아니야. 진짜 부탁이라, 솔직히 말해서 이거 변호사 수임료도 못 받아."

"변호사 수임료야 안 받고 자원봉사 하는 사람이 없는 건 아니니 상관없는데, 뭔 사건인데?"

"제국세기가 뭔지 혹시 알아?"

"제국세기? 그거 게임 아니야?"

"오, 아네?"

"유명한 게임이기도 하고, 몇 달 전에 잠깐 연관된 적이 있어서."

몇 달 전 오광훈이 조폭들 문제로 그 사건을 가져왔지만, 자칭 피해자들이 조폭인 데다가 쌍방이 서로 비슷한 놈들이기에 노형진은 사건 접수를 거부했었다.

"그게 왜?"

"사실은 내 친구가 그 게임을 하는데 척살 대상이라서."

노형진은 그 말에 눈을 찡그렸다.

"혹시 조폭이야?"

"응? 아니야, 아니야! 조폭일 리가 없지. 애초에 걷지도 못하는 애인데."

"걷지도 못한다고?"

"응, 장애인이야."

원래는 장애인이 아니었지만 군대에서 사고를 당해서 장애인이 되었고, 그 후에 먹고살기 위해 선택한 게 다름 아닌 제국세기였다고.

"먹고살기 위해 제국세기를 한다고?"

"현거래라는 거 알지?"

"아, 무슨 소리인지 알겠네."

제국세기는 장비의 가격이 엄청나게 비싸다. 그리고 재료 자체도 터무니없이 비싸다.

그래서 골드도 엄청나게 비싼데, 드롭 확률도 터무니없이 낮다.

하지만 그만큼 아이템의 값어치가 높기 때문에 그걸 팔아서 생계를 유지하는 것도 가능했다.

"아무래도 장애인이 할 수 있는 일은 한계가 있잖아."

"그건 그렇지."

더군다나 걷지 못하는 장애인은 현실적으로 출근 자체가 불가능하다 보니 채용 자체가 힘들다.

"그걸로 그래도 한 달에 한 400은 벌었던 모양이야."

"상당히 벌었네."

하긴, 그게 생계 수단이라면 하루 종일 붙잡고 있었을 테니까.

"그런데 최근에 조폭이라고, 척살령이 떨어졌대."

"뭔 개소리야? 웬 조폭?"

"그러니까 억울하다 이거지. 아니라고 해명해도 척살 대상이라고 지랄을 한대. 조폭이 아니면 어떻게 스물네 시간 게임을 하느냐고."

"이해가 안 가는데. 누구 죽였어?"

"전혀. 그럴 시간도 없고 장비도 없어."

그렇잖아도 게임 내에서 파워 인플레이션이 심하다 보니 좋은 장비는 비싸다.

당연히 그런 게 나오면 팔아서 당장 현금화해야 하는 게 현실.

"그런데 너무 죽여 대서 이제는 플레이 자체가 힘들대."

"누가 그렇게 죽이는데?"

"사하라 군단."

"뭐?"

익숙한 이름에 노형진은 고개를 갸웃했다.

사하라 군단.

군단이라는 건 처음 듣지만, 사하라는 기억이 맞다면 몇 달 전 조폭들과 싸움이 붙은 그 유튜버 소속 회사였다.

"사하라 군단? 주식회사 사하라엔터테인먼트가 아니고?"

"응? 오빠가 거길 어떻게 알아? 그 새끼들 맞아."

"그 새끼들이 맞다니? 일이 대체 어떻게 되어 가는 거야?"

노형진은 그 말을 들으면서 눈을 찡그렸다.

"일단 내 친구는 생계 문제가 있으니까 다급한가 봐. 오랜만에 나한테 전화를 했더라고."

다른 직업이라도 가질 수 있는 몸이라면 모를까, 걷지도 못하는 장애인이 할 수 있는 일에는 한계가 있다.

더군다나 서세영의 말에 따르면 집안이 가난해서 그가 그렇게라도 일을 하지 않으면 생계가 위태로워지는 수준이라고.

"웃긴 게 뭔지 알아? 그 집안에서 내 친구가 가장 돈 많이 버는 사람이야. 군대 가기 전에도 벌어다가 식구들 건사하기 바빴다니까."

"끄응."

집안 분위기를 대충 이해한 노형진은 눈을 찡그렸다.

자신이 장애인이 되었다는 사실보다 집안을 건사해야 한다는 압박감이 더 클 정도라면 결코 좋은 상황이 아니다.

"일단은 내가 좀 알아볼게. 현실적으로 그걸 도와주는 건 불가능할 것 같긴 한데…….”

“그렇지? 하긴, 이건 답이 없지.”

서세영도 고민하다가 결국 방법이 없었기 때문에 노형진을 찾아온 것이었지만 말이다.

“글쎄, 일단 찾아보긴 해야지.”

“찾아본다고?”

“그래. 지난번하고는 좀 다르니까.”

“지난번?”

그 말에 서세영은 고개를 갸웃했다.

지난번, 즉 오광훈이 찾아왔을 때의 일을 그녀는 모르니까.

“그런 게 있어.”

노형진은 변호사고, 변호사는 사건을 선택할 권한이 있다.

그리고 이번에는 지난번과 다르게 확실하게 피해가 있는 상황.

그래서 노형진은 서세영이 가져온 의뢰를 받아들일 생각이었다.

⚖

“그 사건?”

“그래. 그 후에 뭐 바뀐 거 있어?”

노형진은 바로 오광훈을 불렀다.

오광훈이 해당 사건에서 손절 쳤다고 해도 나름 정보가 있을 가능성이 높으니까.

아니나 다를까, 오광훈은 그 사건에 대해 정확하게 알고 있었다.

"개판 났지 뭐."

"개판?"

"사하라 놈들이 사하라 군단이라고 길드를 만들어서 설치고 다닌다더라고."

"조폭 새끼들은? 다 척살당해서 접은 겨?"

"그게 웃긴 거라니까. 네 말처럼 아무 일도 없는 것처럼 굴러갔다더라고. 도리어 조폭 새끼들이랑 사하라가 손잡았거든."

"손을 잡아?"

"그래, 그 두 새끼들이 손잡아서 만든 게 사하라 군단이야."

그 말에 노형진은 눈을 찡그렸다.

이건 또 뭔 소리란 말인가?

노형진은 그 사건에 얽힌 집단들이 서로 선을 넘지 못할 거라고 확신하고 있었다.

사하라엔터테인먼트는 조폭들을 계속 건드리는 게 꺼림칙할 수밖에 없고, 제국세기 측은 조폭들이 주요 수입원이니 진짜로 접게 만들 수는 없다.

조폭들도 마찬가지다.

민간 기업에 불과한 사하라엔터테인먼트나 제국세기를 건드릴 수는 없다.

그걸 알기에 노형진은 그 당시에 시큰둥하게, 놔두면 그대로 흐지부지될 거라고 말했던 거다.

실제로 그렇게 될 거라 생각했고.

하지만 현실은 시궁창이라고, 노형진의 예상과 다르게 엉뚱하게 진행된 게 있었다.

"그 두 새끼들이 서로 손잡은 건 예상외인데."

"검찰이 끼니까 둘 다 뜨끔한 모양이더라고."

자기들끼리 쇼를 한 것까지는 좋았는데 검찰이 끼니 곤란해진 거다.

"하긴, 게임사도 그렇겠지."

그렇잖아도 조폭 게임이니 도박이니 온갖 안 좋은 소리는 다 들어 먹는 한국 게임이다.

노형진이 한번 그 도박성과 관련하여 족치기도 했을 정도인데, 그 와중에 중국에서 손해가 커져 사실상 중국에서는 도박질을 못 하게 되어 버렸다.

그러자 한국 기업들은 중국을 포기하고 한국에서 악착같이 빨아먹기 위해 도박성을 더더욱 강화했다.

그리고 그 사실을 아는 한국의 정치권은 기업들이 주는 두둑한 뇌물에 게임은 게임일 뿐이라면서 모른 척하고 있다.

'되게 웃기네.'

돈이 필요하면 정신병이니 어쩌니 하면서 게임사를 공격하다가 돈을 받으면 게임 문화 중흥이니 어쩌니 하면서 얼굴을 바꾸는 한국의 정치권에 대해서는 익히 알고 있었지만, 설마 일이 이 지경이 될 줄은 몰랐다.

"뭐가 어떻게 된 거야?"

"담당했던 검사 말로는 제국세기가 중재했다던데."

"그거야 예상했잖아."

"그래. 그런데 그 후에 두 집단이 만나서 자기들끼리 새로운 단체를 만들었대."

오광훈의 말에 노형진은 기가 막힌 표정으로 재차 물었다.

"그 열광군주인지 뭔지 하는 놈은?"

"한수중? 애초에 그 새끼 본캐는 그게 아니야. 그거 지우는 거야 어렵지 않지."

"그걸 지우고 힘을 합쳐 새로운 단체를 만들었다?"

"응."

"얼씨구? 대충 어떤 상황인지 알겠네."

"알겠다니?"

"말했잖아, 제국세기 측에서는 누구도 놓을 수가 없다고."

자기들의 주요 고객인 조폭들을 편들어 줄 수도 없고, 반대로 중요 홍보 역할을 하는 사하라엔터테인먼트를 차단할 수도 없다.

"그러니까 중재해 준 거지."

    사하라도 은근히 뒤통수가 근질거리니 그걸 받아들였을 테고, 조폭들도 적당히 지원해 준다고 하니 두 집단이 힘을 합쳐 새로운 단체를 만드는 데에 동의했을 것이다.

    "그런데?"

    "문제는 쇼라고. 사하라, 아니 그 멋진쩡이라는 놈이 그랬잖아, 조폭을 박멸하겠다고."

    "그랬지."

    "그런데 조폭과 화해했다고 하면 분위기가 어떻게 되겠어?"

    "설마?"

    "그래, 방법은 하나뿐이지."

    조폭과 싸운다는 포지션. 사회적인 정의를 지킨다는 포지션은 돈이 된다.

    실제로 그 사건 이후에 해당 유투버의 시청자가 늘어난 건 사실이다.

    그런데 그렇게 공언하고 전쟁까지 벌이다가 어느 날 그 포지션을 포기한다? 그건 불가능하다.

    "사람들은 보통 원래 나쁜 놈보다 배신자를 더 나쁘게 생각하거든."

    "그런 거 있지."

    심지어 나쁜 놈들 사이에서 착한 사람이 양심선언을 하는 것조차도 배신이라고 색안경을 쓰고 보는 놈들이 많다.

    "그러니까 다른 희생양을 찾아야지."

"다른 희생양이라……. 그러면 그 대상이 네 동생 친구 같은 사람이었던 거야?"

"그래, 딱 적당하지."

왜냐하면 그들은 돈을 안 쓰거나 최소한으로 쓰기 때문이다.

돈을 안 쓰는 놈들은 도움이 안 되니 제국세기 같은 게임 사는 사람 취급도 안 한다.

"너도 알잖아, 한 달에 수천만 원을 꼬라박아 봐야 제국세기 같은 게임에서는 사람 취급도 못 받는 거."

"그건 그렇지."

하물며 수천만 원을 써도 그 지경인데 그걸로 먹고사는 플레이어들은 어떻겠는가?

그걸로 먹고살기 위해서라도 그 게임에 돈을 쓸 리가 없다.

"그렇다고 소위 말하는 오토들은 조폭이라고 우길 수도 없거든."

오토, 즉 자동 프로그램을 돌리는 캐릭터들은 그 특유의 행동 패턴이 있다.

인간 유저처럼 저항하거나 도주하거나 항의하지 않는다.

오토 캐릭터들은 자동 사냥을 하다가 인간 유저가 공격하면 도망가거나 그냥 죽는다.

그리고 그 과정에서 오토 캐릭터 특유의 행동 패턴을 보이기에 조폭을 처단했다고 주장할 수가 없다.

"와, 미친 새끼들. 그런 식으로 플레이어를 이용한다고?"

"모든 인간은 똑같지. 너도 알잖아."

"끄응…… 그건 그렇지. 과거에 술집 운영할 때도 그랬고."

사람들은 잘 모르지만 대부분의 술집, 특히 성매매를 하는 술집들은 단속 사실을 미리 안다.

하지만 그날 영업하지 않는 놈들은 하수다.

진짜 백이 제대로 있는 놈들은 영업은 계속하면서 주요 단골들에게 오지 말라고 하거나 그날은 쉰다는 식으로 돌려보낸다.

그리고 그 대신 아무것도 모르고 찾아온 일반 손님들을 입장시킨다.

당연하게도 그날 근무하는 사람들은 조폭이나 조직원이 아니라 그냥 알바 뛰는 대학생이라든가 일반 직원들뿐이다.

그리고 단속에 당하면 경찰은 경찰 나름대로 실적을 올려서 좋고 조폭은 조폭 나름대로 면피는 해 줬기 때문에 경찰이 나중에 다시 정보를 흘려 준다.

"거기다 회사 입장에서도 이게 좋거든."

"좋다고?"

"그래, 그렇게 함으로써 자기네 게임을 홍보할 수 있지."

제국세기의 가장 큰 문제는 게임 내 플레이를 하는 사람들의 질이 좋지 않다는 것이었다.

오죽하면 조폭 게임이라는 말이 있겠는가?

"하지만 이제 이렇게 주장할 수 있지. 봐라, 우리도 게임 내에서 자정작용이 있다. 우리는 정상적인 게임이다."

"자정작용은 개뿔."

그 말에 오광훈은 코웃음을 쳤다.

조폭 새끼들이랑 손잡고 일반 유저를 학살하는 게 무슨 자정작용이란 말인가?

"중요한 건 그렇게 해서 이미지를 긍정적인 방향으로 개선할 수 있다는 거지."

"개 같은 새끼들이네."

"맞아. 개 같은 새끼들이지."

노형진도 고개를 끄덕거렸다.

전형적인, 기업만을 위한 운영 정책인 셈이다.

"그리고 그렇게 함으로써 과거처럼 통제도 가능하고."

"통제가 가능하다니? 사냥터 통제 말이야?"

"그래."

"어째서?"

"이게 증거의 문제거든."

이해하기 쉽게, A라는 사냥터가 있다고 가정해 보자.

옛날에는 그곳을 소유한 길드가 '우리 사냥터이니 통제합니다.'라고 공지하고는 그 사냥터에 접근하는 플레이어들에게 접근하지 말라고 경고한 뒤 말을 안 들으면 학살했다.

"그런데 이제는 예전과 같은 방식으로는 안 된단 말이지. 왜 안 될까?"

"회사가 막아서?"

"아니야. 전혀 아니지. 그 과정에서 경고, 그러니까 협박이 들어가서야. 증거가 있는 거지."

통제도 했고, 그 증거가 되는 진술도 있고, 그걸 알면서도 게임사가 방치했다는 증거도 있다.

"하지만 지금 사하라 군단이 취하는 방식에는 그런 게 없지. 그냥 접근하면 경고고 뭐고 죽이는 거야. 그러면 무슨 일이 벌어지지?"

노형진의 설명을 듣던 오광훈이 탄성을 내질렀다.

"아하! 그렇게 되면 통제이지만 통제가 아닌 거구나."

"맞아. 그건 단순히 유저 간의 분쟁일 뿐이지. 실제로 내가 게임사들을 엿 먹인 후에 그 짓거리를 하는 놈들이 엄청 늘어났고."

노형진의 말에 뭔가 깨달았는지 오광훈이 눈살을 찌푸렸다.

"음, 이거 저작권법에서 병신 짓 한 거랑 똑같은 것 같은데?"

"마찬가지야. 자기들 일을 편하게 하려다가 병신 짓을 한 거지."

한국의 저작권법은 무르기로 유명하다.

저작권법을 위반해도 아예 검찰에서 처벌하지 못하도록 내부 규정으로 박아 놨을 정도다.

그런데 검찰에서 그딴 식으로 행동하자 경찰도 일하기 귀찮아하기 시작했다.

고발이 들어오면 처벌은 되지 않지만 조사는 해야 하니까.

"그래서 경찰에서 헛짓거리를 했지."

경찰에서는 자기들에게 오는 일거리를 줄일 생각에 '저작권법을 이용한 협박 사범을 처벌하겠다.'라며 언론 플레이를 했다.

문제는 이게 헌법위반이라는 거다.

애초에 고발은 피해자의 당연한 권리다. 그런데 그걸 접수해야 하는 경찰이 '응, 저작권 피해자를 처벌할 거야.'라고 했으니 고발 자체를 막아 버린 셈이다.

실제로 저렇게 발표는 했지만 법적으로 그게 가능할 리도 없다.

당연하게도 그렇게 고발당해서 처벌받은 사람들도 없다.

고소하기 위해서는 애초에 피해가 입증되어야 하는데, 피해가 입증되지 않은 저작권 피해자라는 게 존재할 수 있을까?

물론 일부 그걸 악용하는 업체가 없는 건 아니다. 말도 안 되는 폰트 낚시질로 말이다.

하지만 그게 피해인지 아닌지는 경찰이 아니라 검찰과 법원이 판단해야 하는 영역이니, 경찰의 그러한 발표는 당연히 월권일 수밖에 없었다.

그렇다 보니 도리어 그 사건 이후에 상황은 완전히 돌변했다.

저작권자들이 과거에는 경고로 끝낼 수 있었을 사건도 무조건 형사고발과 더불어서 민사소송까지 할 수밖에 없게 된 거다.

왜냐하면 피해자가 '내가 피해자인데 이거 불법으로 공유하지 마세요.'라고 말하면 그 순간 그게 협박이라고 경찰이 인정한 셈이 되니까.

그러니 피해자는 용서해 주고 싶을지 몰라도 결과적으로 자신의 억울함을 증명하기 위해서라도 용서를 할 수 없게 된 거다.

"이것도 마찬가지고."

통제하는 것은 아니지만 결과적으로 통제의 혜택을 입고 있는 상황.

그리고 경고가 없기에 단순 유저 간의 분쟁으로 치부되는 상황.

"하지만 어찌 되었건 외부에는 '우리는 자정 중입니다.'라고 쇼를 할 필요가 있다는 거지."

노형진의 말에 오광훈은 눈을 찡그렸다.

"그렇다고 이걸 그냥 둬? 열받네."

"당연히 해결해야지. 자기들끼리 뒈지는 건 상관없는데 피해자를 만들면 변호사가 나서야지."

노형진의 말에 오광훈이 고개를 갸웃했다.

"뭐? 방법이 없다면서?"

"그럴 리가 없지. 애초에 지난번하고 이번하고는 사건이 전혀 다른데."

"다르다고?"

결과적으로 누군가가 조폭이라고 플레이를 하지 못하게 때려죽이는 건 똑같다.

그러니까 다 똑같아 보이는데…….

"아니지. 이건 개인 간 분쟁이 아니잖아."

"개인 간 분쟁이 아니야?"

"그래. 사하라 군단? 그 새끼들이 내건 명목상의 조건이 뭐야?"

"그거야 조폭 척살이지."

"그래. 그런데 그게 증거가 있어?"

"응?"

노형진의 질문에 오광훈이 눈을 동그랗게 떴다.

"이번 사건은 옛날에 그 성매매 블랙리스트랑 아예 똑같은 사건이야."

"아하!"

성매매 블랙리스트 사건.

희대의 병신 짓이자 희대의 사기였던 사건이다.

사건 자체는 간단했다.

어떤 사람이 자기가 유흥 업계의 연락처 목록을 얻었다면서 돈을 주면 남편이나 남자 친구가 성매매를 하는지 알려 주겠다고 홍보한 것이다.

그것도 한 번에 수십만 원씩 받으며 말이다.

문제는 피해자들이 실제로 그걸 믿고 수십만 원을 내고 전화번호를 문의해서, 성매매 사실을 통지받고는 헤어지거나 이혼하거나 심지어 자살하는 사건까지 벌어졌다는 거다.

"하긴, 그건 진짜 병신 짓이었지."

하지만 그건 불안감을 이용한 사기일 뿐이었다.

일단 한국에 성매매 업소가 한두 곳도 아닌 데다가 그 성매매 업소들은 절대로 전화번호를 공유하지 않는다.

블랙리스트가 없다는 뜻이 아니다.

간단하게 말해서 그 전화번호는 고객 명단이니, 그걸 다른 놈에게 준다는 건 고객을 빼앗길 수도 있다는 소리인데, 어떤 미친놈이 그걸 넘겨주겠는가?

거기다가 그 사람이 무슨 대단한 능력이 있어서 전국에 있는 모든 업소의 명단을 받겠는가?

중앙 서버? 공동관리?

애초에 불법적인 사업과 연관된 연락처 목록을 중앙 서버에 두고 관리하는 미친놈이 어디 있겠는가? 거기다가 회사도 아닌데.

당연히 그런 건 없었다.

하지만 그놈은 마치 있는 것처럼 굴었고, 실제로 그걸로 조회해서 무차별적으로 성매매 여부를 고지했다.

당연하게도 그로 인해 이혼하거나 헤어지거나 자살하는 건 그놈에게는 하등 상관없는 일이었다.

심지어 어떤 여자가 20년간 자신이 쓴 번호로 문의하자 그 번호는 성매매 횟수만 백 번이 넘는 악질이라는 소리까지 했다고 한다.

결국 나중에 체포당했는데 당시에 밝혀진 진실은 '그냥 내 마음대로 떠들었다.'였다.

진짜로 성매매를 한 기록이 있든 없든 상관없이 그냥 그날 기분이 좋으면 '없습니다.'라고 답하고, 안 좋으면 '이 새끼 악질입니다.'라고 답했다는 것.

"이것도 마찬가지야."

조폭이라고 떠들면서 학살하고 있지만 정작 상대가 조폭이라는 증거는 내밀지 않고 있다.

노형진은 사건 자료를 보며 서늘한 목소리로 말했다.

"그러니까 이제 조져 봐야지."

핵폭탄 일발 장전

"죄송합니다, 제가 나가야 하는데."

얼굴에 걱정이 가득한 남자, 오성태는 미안한 듯 말했다.

그 말에 노형진은 고개를 저었다.

"아닙니다. 이런 사건은 저희가 찾아오는 게 맞죠."

변호사들이 언제나 상대방을 찾아가는 것은 아니다.

하지만 오성태의 경우는 두 다리를 쓰지 못하는 상황.

그런 상황에서 직접 찾아오라고 할 수는 없었기에 노형진은 서세영과 함께 오성태의 자택에 방문한 상태였다.

"거기다가 제대로 증거를 잡으려면 여기에 오는 게 좋고요."

"그런데 그걸 막을 수 있나요? 벌써 한 달째 돈을 못 벌어서……."

집요하게 자신을 따라다니면서 학살하는 사하라 군단을 떠올리며 오성태는 걱정스럽게 말했다.

노형진은 가볍게 어깨를 으쓱했다.

"뭐, 못해도 돈은 받아 낼 수 있을 겁니다."

"돈요?"

"네. 일단은 게임에 접속하시죠. 아, 혹시 게임 플레이 영상 촬영 가능하십니까?"

노형진의 질문에 오성태는 당황해서 고개를 저었다.

"어, 저는 할 줄 모르는데요."

"그렇잖아도 그럴까 봐 전문가를 데리고 왔습니다. 컴퓨터 좀 써도 되겠습니까?"

"네, 그러세요."

노형진이 뒤에 있는 여성에게 눈길을 주자 그녀는 능숙하게 컴퓨터에 접속했다. 그리고 그 후에 외장 하드를 하나 더 연결했다.

"이제 촬영본은 이 외장 하드에 저장될 거예요. 대용량이니까 부족하지는 않을 테고요."

"그런데 외장 하드에 플레이 영상을 저장하면 뭐가 바뀌나요?"

"네, 바뀝니다. 일단 들어가세요. 세영아, 그 짱구인지 누군지, 핸드폰 유튭 하냐?"

"멋진쩡이? 잠깐만. 응, 하네."

"역시."

영상을 올려야 먹고살 수 있으니 당연히 매일같이 플레이를 하는 놈이었다.

"접속하세요."

"네."

오성태는 잠깐 눈치를 보다가 접속해서 플레이를 시작했다.

그리고 얼마 지나지 않아 노형진의 예상대로 상황이 벌어졌다.

-오, 여러분. 조폭 새끼가 또 접속했답니다. 오늘의 사냥감은 멋쟁이신사군요. 네, 오늘의 메인 콘텐츠는 멋쟁이신사 조지기!

"역시나 그렇군."

이런 방송을 하는 놈들은 주변에서 제보해 주는 놈들이 있을 수밖에 없다.

특히 상대방이 조폭이고 때려죽여도 되는 나쁜 놈이라고 생각하는 사람들은 스스로 싸우거나 이길 자신이 없는 경우 그걸 대신해 줄 수 있는 놈, 즉 멋진쩡이 같은 인간에게 연락하기 마련이다.

"이…… 씹."

오성태는 그 소리를 들으면서 눈을 찡그렸다.

그간 자신이 죽는 모습이 유튭으로 나가는 건 알고 있었지만 직접 보는 건 처음이었으니까.

사실 게임에서 죽는 것도 화나 죽겠는데 그걸 누가 찾아보겠는가?

"그것도 녹화 중이지?"

"응, 녹화 중."

"좋았어. 확실하게 녹화해 놔. 오성태 씨는 계속 플레이하시고요."

"플레이고 자시고……."

오성태, 정확하게는 오성태가 플레이하는 캐릭터인 멋쟁이신사가 접속한 지 10분도 안 되어서 다수의 캐릭터들이 나타나 그의 캐릭터를 순식간에 썰어 버렸다.

"하아, 씨팔."

죽으면서 회색으로 변하는 자기 캐릭터를 보며 오성태는 한숨을 푹 쉬었다.

옆에 변호사가 있다는 걸 알지만 욕이 안 나올 수가 없었다.

충분한 골드를 벌어서 팔기 위해서는 고위 사냥터에서 사냥해야 한다.

문제는, 그러기 위해서는 레벨이 높아야 하는데, 이런 죽음 때문에 경험치가 계속 깎이다 보니 결과적으로 레벨이 다운되고 있기 때문이었다.

"더 이상 떨어지면 곤란한데……."

"아, 그런가요? 더 높은 곳으로 가는 건 힘든가요?"

"무리죠. 이 게임은 더 높은 곳으로 올라가면 딜이 안 박혀요."

제국세기에는 돈을 벌기 위한 적당한 레벨이라는 게 있다.

그렇기에 더 높은 레벨이 되면 오성태가 가진 장비로는 이빨도 안 들어간다.

현질을 유도하는 방식으로 구성되어 있어서, 레벨에 맞는 장비를 장착하지 않으면 사냥 자체가 불가능하다는 소리다.

그렇다면 레벨이 너무 많이 떨어진 경우에는 어떨까?

현재 장비의 레벨 착용 제한 때문에 결국 장비 착용이 불가능해지고, 이런 경우 수백만 원을 들여 캐릭터의 레벨에 맞는 장비를 사든가 해야 해서 꿈도 못 꾼다.

"걱정하지 마세요. 제가 그걸 해결하기 위해 온 거니까. 혹시 유툽 계정 있으신가요?"

"당연히 있죠."

"잠깐 로그인해서 주세요. 이제부터 제가 그걸로 울트라 챗을 보낼 겁니다."

"저 새끼한테 돈을 줄 거라고요?"

"네. 성공하면 제대로 낚는 거고, 설사 실패한다 해도 다시는 오성태 씨를 건드리지 않을 겁니다."

그 말에 오성태는 뭔 소리인가 했지만 일단은 자신의 핸드폰을 건넸다.

"혹시 모르니까 계좌도 오성태 씨 계좌로 하겠습니다. 아, 돈은 걱정하지 마세요. 저희가 현금으로 돌려드릴 테니까."

"그러면 감사하지만……."

노형진은 일단 로그인을 한 핸드폰으로 멋진쩡이의 방송에 들어갔다. 그리고 울트라챗을 보냈다.

울트라챗은 다른 채팅과 다르다. 돈을 주는 대신에 채팅 내용이 화면에 정면으로 뜬다.

노형진은 일단 만 원을 울트라챗으로 보내면서 글을 썼다.

―멋쟁이신사를 플레이하는 오성태라고 합니다. 저는 조폭이 아닙니다. 그만 괴롭히세요.

자신의 캐릭터 이름이 뜨자 살짝 눈을 찡그리는 오성태.

하지만 멋진쩡이는 더 당황할 수밖에 없었다.

―뭐죠? 사칭인가요?

―사칭 아닙니다. 저는 멋쟁이신사를 플레이하는 오성태라고 합니다. 저는 조폭이 아닌 일반 플레이어일 뿐입니다. 그만 괴롭히시기 바랍니다.

다시 한번 울트라챗을 보내자 해당 글이 메인에 떴다.

한 줄 쓸 때마다 돈이 나가지만 그 대신에 미래가 보장되니까.

단돈 몇만 원에 행복한 미래를 살 수 있다면 그보다 좋은 게 어디 있겠는가?

―이야, 조폭 새끼가 존나 다급한 모양인데요?

낄낄대는 멋진쩡이, 그리고 그와 함께 올라오는 수많은 채팅.

―조폭이 아니라 병신인가 보네, 낄낄.
―맞는 듯. 조폭이 아니라 병신이네.
―가오 어따 팔아먹었냐? 병시나.

끝없이 올라오는 빈정거림.
그걸 보면서 오성태는 똥 씹는 얼굴이 되었다.
누군가에게는 '병신'이 단순히 빈정거림일지 몰라도 그는 실제로 장애인이니까.
"조금만 참으세요. 영 힘드시면 나가 계세요. 제가 알아서 하겠습니다."
"아닙니다. 끝까지 보겠습니다. 결국 이것도 이겨 내야 하는 일이니까요."
'단단한 사람이네.'
진짜 장애인에게 병신이라는 말을 듣는 건 충격적인 일일 수밖에 없다.
그런데 그걸 이겨 내겠다며 자리를 피하지 않는 오성태를 보며 노형진은 고개를 끄덕거렸다.

그리고 다시 한번 울트라챗을 보냈다.

-자꾸 병신 병신 하는데, 저 실제로 반신불수의 장애인입니다. 그만 좀 하세요. 이건 제 유일한 생계 수단이란 말입니다.

그 말에 멋진쩡이의 눈동자가 흔들리는 게 카메라 너머에서도 확연하게 보였다.

'자, 과연 어쩔 것이냐?'

만일 여기서 멋진쩡이가 자기 잘못을 인정하고 사과하고 끝낸다? 그러면 오성태는 평소대로 계속 플레이하면 된다.

하지만 그렇게 되면 저 멋진쩡이라는 인간에게는 그간 자신이 했던 행동이 최악의 형태로 역풍이 불 거다.

조폭을 때려잡는다더니 실상은 선량한 시민, 그것도 장애인을 괴롭힌 것이었으니까.

반면 지금 노형진이 하는 울트라챗을 인정하지 않는다면?

'그때는 빼박 명예훼손에 들어가야지, 후후후.'

노형진이 굳이 돈까지 써 가면서 울트라챗을 하는 이유는 간단하다.

일반 채팅을 이용하는 유저가 워낙 많다 보니 일반 채팅으로 의사를 전달하면 멋진쩡이가 인식조차 못 하기 때문이다.

멋진쩡이의 구독자 수는 원래도 100만이었는데 조폭 척살 사건 이후에 용자라면서 구독자가 확 늘어서 현재는 무려 130만 명이 되었다.

당연히 방송 중에 올라오는 채팅의 숫자도 어마어마하다.

그러니 그걸 인식할 수 있는 놈들이 없다.

'하지만 울트라챗은 아니지.'

화면에 당당하게 큰 소리를 내면서 표시되는 데다가 일정 시간 이상 유지되기 때문에 그걸 못 보는 건 불가능하다.

방송인이든 방송을 보던 놈들이든 말이다.

─저는 실제로 장애인이고 부천시 원평동 ○○빌라에 살고 있습니다. 인증하라면 하겠습니다. 그러니까 그만 좀 괴롭히세요.

명예훼손이 성립하기 위해서는 사람에 대한 특정이 이루어져야 한다. 그리고 게임을 플레이하는 캐릭터는 명예훼손의 대상이 아니다.

'하지만 이제는 아니지.'

이름과 장애 사실, 심지어 사는 곳까지 공개했다.

즉, 이걸 본 사람들에게는 명백하게 누구라는 인식이 생긴 것이니 지금부터 하는 학살, 조롱 등의 행동은 명예훼손에 해당된다.

"흐음, 이건 생각 못 했네. 뇌가 있다면 이제 안 하겠네, 확실히."

서세영도 혀를 내둘렀다.

설마 소송이 아니라 울트라챗으로 순식간에 문제를 해결할 거라고는 생각도 못 했으니까.

게다가 소송에 비해 돈도 훨씬 적게 들어간다.

사실 소송을 해도 이긴다는 보장은 없었으니 어찌 보면 해결책은 이게 거의 유일했다.

"근데 어쩌냐? 뇌가 없는 것 같다."

"이런."

─이런. 조폭 깡패 새끼가 다급하니까 별의별 거짓말을 다 하네요. 조까라 하세요. 우리 사하라 군단은 게임 내에서 조폭 새끼들을 박멸할 때까지 싸우겠습니다.

무슨 거창한 결심이라도 한 듯 떠드는 멋진쩡이.

그리고 그에 호응하듯 우르르 올라오는 채팅과 울트라챗.

─병신 새끼는 뒈져야지 이걸 하고 앉아 있냐?

─누가 저 병신 새끼 좀 죽여라.

─병신 새꺄, 공기 아까우니까 좀 뒈져.

─병신이래요. 크크크, 병신이래요!

오성태가 거짓말한 거라 생각한 건지 끊임없이 올라오는

모욕과 병신이라는 빈정거림.

그때 노형진이 키보드에서 손을 내리고 몸을 돌렸다.

"일단은 여기까지 하죠."

"네?"

"세영아, 넌 여기서 주기적으로 울트라챗을 올리면서 반응을 찍어. 명예훼손으로 소송을 걸려면 한두 번으로는 안되니까."

노형진의 말에 서세영이 쉼 없이 올라오는 채팅 창을 들여다보더니 감탄을 내뱉었다.

"우와, 이 정도면 성태 너 집 한 채 사겠다?"

"무슨 말도 안 되는 소리야?"

"말이 안 되지 않아."

이미 신상이 드러난 상황에서 병신이라고 놀리는 명예훼손은 계속되고 있다.

심지어 어떤 놈들은 아예 노래로 만들어서 부르고 있었다.

"명예훼손의 강도는 결과적으로 상대방의 상황에 따라 달라지는 부분도 있거든."

아마 저들은 지금 자기들이 그냥 빈정거리는 거라고 생각하고 있겠지만, 오성태는 실제로 장애인이고 장애인에게 병신이라고 욕하는 건 법원에서도 아주 심각한 모욕으로 인정된다.

"더군다나 저 멋진쩡이라는 놈은 무려 구독자 수 130만 명의 유투버란 말이죠."

물론 그 모든 구독자가 이 생방송을 본 건 아니지만 나중에 이걸 편집해서 올릴 경우, 그리고 이 장면을 그대로 쓸 경우 엄청나게 심각한 문제가 된다.

"그쯤 되면 벌금이 아니라 실형이 나올걸."

서세영은 미소를 지으며 말했다.

"난 왜 이 생각을 못 했지?"

서세영은 그냥 친구가 다시 게임 플레이나 제대로 할 수 있게 되면 된 거라 생각했다. 그래야 먹고살 수 있을 테니까.

하지만 노형진은 그걸 역으로 뒤집어서 상대방이 도망갈 수 없게 만들었다.

"그리고 오성태 씨는 다시 플레이를 하세요."

"네? 이 상황에서요?"

이미 욕을 먹는 상황에서 플레이를 하라고 하다니.

어안이 벙벙해진 오성태에게 노형진이 미소를 지으며 말했다.

"제가 노리는 건 명예훼손만이 아니거든요. 아, 그리고 오늘부터 정신과에도 다니시고요."

"정신과요?"

"네. 제가 저놈들을 영혼까지 털어 드릴 테니까요, 후후후."

노형진은 그 사건에 관해서는 서세영에게 맡겨 두고 있었다. 그리고 서세영은 계속해서 오성태를 대신해 학살을 그만둬 달라는 내용의 울트라챗을 보냈다.

물론 그들은 멈추지 않았다.

도리어 더더욱 열성적으로, 오성태의 캐릭터인 멋쟁이신사가 접속할 때마다 몰려와서 학살했다.

"와, 미친 새끼들. 완전히 돌았나 봐. 완전히 공공의 적이 된 것 같아."

일주일간 모은 자료를 가지고 온 서세영은 고개를 흔들며 말했다.

"이 새끼들 진짜 미친 거 아냐? 내 친구는 거의 플레이를 못 해. 아니, 이제는 안 돼. 레벨이 너무 심하게 떨어져서 아이템 착용 제한에 걸렸어."

"역시 그런가?"

"도대체 이 새끼들 왜 이래? 내 친구가 뭘 잘못했다고?"

"그건 오성태 씨의 행동과는 상관없어. 게다가 피해자가 오성태 씨만 있는 것도 아니잖아."

"그건 그렇지."

오성태가 최근에 주요 표적이 되기는 했지만 그가 유일한 표적인 것은 아니었다.

실제로 많은 유저들이 학살의 대상이었고 그들은 항의했지만, 당연히 사하라 군단과 멋진쩡이는 전혀 듣지 않았다.

"여기서 만약 '알고 보니 멋쟁이신사는 조폭이 아니었습니다. 죄송합니다.'라고 해 버리면 무슨 상황이 벌어지겠어?"

"아하!"

당연히 사람들 사이에서 '그러면 다른 척살 대상자들도 혹시 조폭이 아닌 거 아니냐?'라는 말이 나올 수밖에 없다.

실제로 한국의 법원이 절대로 자기 잘못에 대해 인정하지 않는 이유 중 하나가 바로 그거다.

자신들의 완전무결성을 부정하면, 그리고 자신들이 뇌물을 받고 있다는 걸 인정하면 법원 판결의 정당성이 의심받기 때문이다.

"그러니까 무차별적으로 공격할 수밖에 없지. 그리고 오성태 같은 경우는 전면에 나서서 자기가 억울하다고 떠드는 상황이니까."

대부분의 다른 유저들은 억울해도 그냥 게임 내 채팅 창에서 지랄하거나 접거나 하지, 생방송 중에 튀어나와서 울트라챗으로 '나는 억울합니다.'라고 하지는 않는다.

"그런데 왜 계속 플레이를 하라고 한 거야?"

"간단해. 그렇게 해야 이야기가 현실이 되니까. 약간의 오해라고나 할까?"

"오해?"

"그래. 내가 말했잖아, 이걸로 먹고사는 사람이라고. 그런데 그렇게 욕먹고 척살당하는 상황에서도 굳이 게임을 한다면 그놈들은 어떻게 생각하겠어?"

"어…… 아하! 그러네. 이쪽에서 거짓말한다고 생각하겠구나."

"맞아."

그러니까 병신이라고 놀려도 그다지 충격받지 않을 거라고 생각할 거다. 그럼 더더욱 가열하게 방송할 테고 말이다.

"그런데 상황이라는 건 말이지, 때로는 말의 영향을 받아."

"그러니까 오빠는 생계 때문에 어쩔 수 없이 계속할 수밖에 없었다, 그렇게 어필하고 싶은 거네."

"맞아."

"오."

거기다가 정신과 상담 기록까지 있다면 그런 사정을 증명하는 건 어렵지 않다.

오히려 그런 고통을 견디면서까지 게임 플레이를 해야 생계를 유지할 수 있다는 게 증명되는 거다.

"그러면 오빠가 노리는 건……."

잠깐 생각하던 서세영은 미소를 지었다.

"업무방해구나."

"많이 배웠네, 후후후."

서세영의 말에 노형진의 입가에도 미소가 떠올랐다.

업무방해란 지속적으로 이루어지는 업무 행위에 관련해서 그걸 방해하는 행위를 처벌하는 규정이다.

예를 들어 식당에 와서 술 처먹고 깽판을 치는 진상의 경우는 업무방해의 영역에 들어간다.

"문제는 이 업무의 영역이지."

"그러네. 그래서 오빠가 계속 이걸로 먹고살아야 한다고 이야기하라고 했구나."

"맞아."

업무방해란 말 그대로 사회적으로 또는 경제적으로 지속해야 하는 일을 방해하는 행위다.

그렇기에 그 업무라는 게 불법이 아닌 이상, 그리고 현실적으로 지속성을 띠고 있는 이상 방해하는 경우는 업무방해가 맞다.

"지속성이야 문제가 안 되지."

왜냐하면 실제로 오성태는 게임 플레이를 통해 번 사이버 재화를 판매한 돈을 가지고 생계를 꾸려 갔으니까.

"그러면 불법성이 문제라는 건데. 그거 불법 아니야? 그 게임사에서는 현거래를 막고 있잖아."

게임을 잘 모르는 서세영은 고개를 갸웃하면서 물었다.

그런데 뜻밖에도 노형진은 고개를 저었다.

"전혀. 불법 아니야."

"엥? 근데 왜 막아?"

"그냥 규정일 뿐이지."

게임사 입장에서는 현거래가 게임 내 재화의 유통을 컨트롤하는 걸 망치는 행위이기 때문에 막는 것뿐이다.

현실적으로 게임 내부에서 얻은 재화의 거래는 합법이다.

"만일 불법이라면 그 수많은 현금 거래 사이트나 오토 플레이가 가능했겠어?"

"아! 하긴, 그건 그러겠네."

그게 불법이라면 게임사에 신고하는 게 아니라 경찰에 신고했을 테니까.

그리고 그 수많은 현금 거래 사이트는 아마 법의 처벌을 받고 모조리 닫혔을 것이다.

"그러니까 업무가 맞아."

그리고 업무방해의 처벌은 명예훼손의 처벌과는 비교도 못 할 정도로 세다.

5년 이하 징역이나 1,500만 원 이하의 벌금.

"거기다 이건 명백하게 악의를 가진 업무방해거든."

허위 사실 유포와 더불어서 업무방해를 저질렀는데, 심지어 악질적인 조롱이 동반되었다.

그 장면을 보고 최소 수십만 명이 그 사람을 조롱했다.

"고소장을 넣으면 죽고 싶어지겠는데?"

"그러겠지, 후후후."

노형진은 자신 있게 웃었다.

"우리 멋진쩡이가 얼마나 멋진 사람인지 한번 면상이나 직접 보자고, 후후후."

⚖

멋진쩡이. 본명 김정인.

그는 유투버다. 그것도 게임을 위주로 하는 유투버.

그런 그의 주력 게임은 다름 아닌 제국세기였다.

그런데 그에게 생각지도 못한 일이 터졌다.

"뭐라고요? 고소장?"

"응. 씨팔, 좆 된 것 같은데?"

사하라엔터테인먼트.

엔터테인먼트라곤 하지만 공중파나 종편 같은 곳을 담당하는 게 아니라 유투버들을 담당하는 곳이었다.

아주 크진 않지만 그래도 나름 중간쯤 되는 규모로, 특히 이런 게임 유투버들이 많이 소속된 곳이 바로 사하라엔터테인먼트였다.

"아니, 씨팔. 별문제 없을 거라면서요!"

"나도 그럴 줄 알았지. 그런데 상대방이 새론이래, 씨팔."

"새론? 거기가 왜요?"

"변호사한테 가서 물어봤는데 상대방이 새론이라고 하면 좆 된 거래. 그 새끼들은 무슨 수를 써서라도 보복하는 놈들이라고."

"아니, 내가 뭘 했는데요."

얼굴이 사색이 되는 김정인.

"멋쟁이신사 있잖아."

"그 새끼요? 그 새끼가 왜요?"

"그 새끼, 진짜로 병신이래."

"그렇죠. 그 새끼는 원래 병신이잖아요. 그렇게 매일 처맞으면서 게임 하는 놈이 병신이 아니면 뭡니까?"

"아니, 그게 아니라……."

사하라엔터테인먼트의 사장은 얼굴이 파랗게 질려서 힘겹게 입을 열었다.

"진짜로 반신불수 장애인이란다."

"뭐라고요?"

"그 새끼가 한 말 모두 사실이래. 반신불수라 집 밖으로 못 나가서, 게임에서 얻은 아이템이나 골드를 팔아서 먹고사는 사람이래."

"그럼 그 새끼가 했던 말이 다 사실이라는 거예요?"

"그래. 그래서 명예훼손이랑 업무방해로 엮여 버린단다."

그 말에 김정인은 얼굴이 파랗게 질렸다.

"야, 이 씨팔. 그게 말이 됩니까? 명예훼손이라니!"

"네가 그 새끼를 조폭이라고 척살했잖아."

한두 번도 아니다.

김정인, 정확하게는 멋진쩡이라는 캐릭는 멋쟁이신사라는 캐릭터를 수십 번은 죽였다.

그도 그럴 게, 방송에서 대놓고 조폭을 척살하겠다고 공표했기에 그걸 증명해야 했으니까.

"진짜 조폭은 건들지 말라면서요! 그러면 누굴 건드려요!"

김정인은 길길이 날뛰었다.

그럴 수밖에 없었다. 진짜 조폭들은 주요 고객인 만큼 쓸데없이 자극하지 말라고 한 게 제국세기 측의 입장이었으니까.

"씨팔. 진짜로 그 새끼들이 찾아올 줄 알았느냐고!"

사장은 그 말에 발끈하면서 소리를 질렀다.

방송에서야 가오를 잡고 깐죽거렸지만 진짜 한수중 패거리가 사하라엔터테인먼트로 찾아왔을 때 그들은 자신들이 죽을지도 모른다고 생각했다.

그래서 다급하게 경찰을 부르려고 했는데, 경찰이라고 스물네 시간 지켜 주는 건 아니라면서 경찰에 신고하는 순간 죽여 달라고 빌게끔 만들어 버리겠다며 으르렁대는 한수중 패거리의 말에 신고도 할 수가 없었다.

그래서 사하라엔터테인먼트는 다급하게 제국세기에 연락해 중재를 받았다.

그렇잖아도 매출이 급락하고 있는 상황인데 게임 내 분쟁으로 인해 조폭이 일반인을 담가 버렸다는 뉴스가 보도되기라도 하면 게임은 폭망할 테니까.

게임의 주요 콘텐츠가 PVP인데, 그걸 했다고 조폭이 칼로 쑤셔 버린다면 누가 게임을 하겠는가?

"그래서 이렇게 하라고 한 건 회사잖아요! 그 새끼는 건드려도 문제 될 거 없다면서요! 회사에서도 별 볼 일 없는 그지 새끼라고 했잖아요!"

그게 가장 큰 문제였다.

사실 김정인과 사하라엔터테인먼트에는 남들이 모르는 비밀이 하나 있었다.

바로 소위 말하는 뒷광고, 그러니까 프로모션을 지원받고 있었다는 거다.

"씨팔. 그거 말하면 다 죽어. 입 닥쳐, 이 새끼야."

"우리끼리 있는데 뭘 그래요."

"그래도 입 닥치라고. 조폭들이 그 사실을 알면 우리를 살려 둘 것 같아?"

"끄응……."

프로모션. 그러니까 유투버가 게임사로부터 돈을 받아 게임을 하는 건 사실 이 업계에서는 흔한 일이었다.

물론 법적으로 그런 경우 광고로 표시하게끔 되어 있지만 이 프로모션은 대부분 비밀리에 한다.

"그게 터지면 우리 다 죽으니까 제국세기에서 끼어든 거 아냐? 입조심 좀 해라."

"알았어요. 쩝."

이들이 이렇게 비밀로 하는 이유. 그건 그 프로모션의 방식이 지극히 비정상적이기 때문이다.

프로모션이라는 건 간단하다.

게임사에서 A라는 유투버가 자사의 게임을 플레이하는 걸 도와주는 거다.

제국세기의 경우는 한 캐릭터의 장비를 맞추는 데 드는 돈이 수십억을 가뿐하게 넘어간다.

당연하게도 그 비용을 한낱 개인일 뿐인 유투버가 다 감당할 수는 없다.

그러니까 그 돈을 게임사에서 지원해 주는 거다.

그리고 유투버는 그 돈으로 신나게 도박을 한다.

수십억짜리 도박이니만큼 시청자들이 몰려들고, 그만큼 게임에도 유저들이 몰려든다.

유투버 입장에서야 자기 돈을 들이지 않고도 장비가 강력해지니 손해 보는 게 없다.

사실 이 정도만 되면 프로모션을 비밀리에 할 이유는 없다.

문제는 그 후다.

제국세기는 경쟁 게임이다. 경쟁이 메인 콘텐츠이자 엔드 콘텐츠다.

그런데 좋은 장비가 나왔다?

단순히 자랑하는 것만으로는 유저들은 절대 돈을 쓰지 않는다. 당연히 비교를 해 줘야 한다.

그런데 몬스터는 그 비교용으로 적당하지 않다.

어차피 다들 느리든 빠르든 몬스터를 잡으니까.

강력함을 효과적으로 보여 줄 수 있는 것. 그건 다름 아닌 PVP다.

그것도 아무나 죽이면 안 된다. 돈을 쓸 수 있는 사람을 노려야 한다.

회사의 비밀은 간단하다. 돈을 쓰는 사람을 노리는 거다.

그리고 돈을 쓰는, 소위 말하는 고래 유저를 노려서 학살하면 그들은 빡쳐서라도 돈을 써서 캐릭터를 업그레이드시킨다.

그렇게 함으로써 게임사에 수십억, 수백억의 돈이 들어오는 거다.

문제는, 김정인은 그렇게 돈을 쓰는 유저가 누군지 알 수가 없다는 거다.

그렇다면 누구를 노려야 할까?

당연하게도 그 표적은 회사에서 정해 준다.

이게 가장 큰 비밀이다.

자존심 때문에 수십억씩 미친 듯이 돈을 써 줄 수 있는 사람, 그들을 자극해야 하니까.

김정인이 다른 플레이어를 죽인 뒤에 그 위에서 춤추는 것도 단순히 재미만을 위해서가 아니다.

그들을 자극하고 그렇게 함으로써 그들이 열 받게 하기 위함이다. 그래야 돈을 쓸 테니까.

"그거 새어 나가면 안 돼, 이 새끼야."

"알아요. 안다고요. 그러니까 그만 좀 해요."

그날 사하라를 찾아온 한수중의 조직을 제국세기에서 다급하게 찾아와 설득한 것에는 그런 비밀이 숨겨져 있었다.

그 비밀이 새어 나가는 순간 표적은 김정인이 아닌 제국세기가 될 테니까.

실제로 과거에 조폭을 대상으로 하는 게임 운영사 사장의 아버지가 조폭에게 납치되어서 살해된 적이 있었다.

게임에 불만을 가진 조폭이 사장을 담가 버리려고 했는데 하필이면 사장의 아버지만 있었기에, 그를 납치해서 고문하고 살해한 것.

조폭을 대상으로 한 영업은 돈이 되지만 동시에 목숨을 건 행동이다.

그래서 그날 제국세기는 한수중을 최대한 설득했다.

한수중의 캐릭터인 열광군주의 이름을 바꿔 주고 그 대신 2억 원 상당의 아이템을 제공하는 것으로 사건을 무마한 것이다.

하지만 방송에서 조폭 박멸을 떠들어 댄 김정인도 문제였다.

그대로 두면 플레이어들이 그 이야기를 계속 물고 늘어질 테고, 모른 척하면 그렇잖아도 나쁜 제국세기의 이미지가 더 나빠질 테니까.

그래서 제국세기는 새로운 방법을 찾았다.

돈이 안 되는, 죽여도 후환이 없는 플레이어들을 적당히 추려서 조폭이라고 속이자. 어차피 그들이 할 수 있는 건 회사에 항의하는 정도고 그거야 씹으면 그만이니까.

오성태의 멋쟁이신사 역시 그렇게 선택된 대상 중 하나였다.

애초에 월정액과 약간의 월간 아이템 정도만 사는 오성태는 돈이 되기는커녕 있어도 그만, 없어도 그만인 유저였으니까.

"그런데 명예훼손이라니."

캐릭터 이름만 사람들에게 알려졌다면 문제가 안 된다.

하지만 오성태는 울트라 챗을 통해 이름과 성별, 주소, 심지어 장애 사실까지 이야기하면서 하지 말라고 했다. 자신의 생계가 달려 있다고.

그런데 그걸 다 봤음에도 불구하고 김정인은 그를 조폭이라 주장하면서 수십 수백 차례 척살했다. 그리고 그 과정에서 자신들과 손잡은 조폭들의 도움을 받았다.

"그 특정성인지 나발인지 하는 게 성립된 거라 이건 명예훼손이 맞대."

"그런데 왜 업무라는 거예요? 현질은 불법이잖아요!"

"변호사가 그러더라, 불법이 아니라고."

"아니라고요?"

"그래."

약관에서야 게임 내부에서의 화폐가치를 지키기 위해 불법이라고 이야기하지만, 사실 합법이라는 판례가 여럿 있다.

그리고 업무방해의 영역은 단순히 기업의 영역이 아니며 지속적이고 합법적인 업무라면 상관없다는 판례도.

"이거, 재수 없으면 실형이란다."

"이런 씨팔."

실형이라는 말에 김정인은 사색이 되었다.

"이거 어떻게 해요? 막아 봐요, 좀!"

"일단은 도게자 박아야 할 것 같은데?"

도게자란 사과의 뜻을 담아 절하는 일본식 행위다.

"사장님, 미쳤어요? 그랬다가는 저 뒈져요!"

문제는 단순히 그걸로 퉁칠 수는 없을 거라는 거다.

도게자? 사과야 얼마든지 할 수 있다.

하지만 그랬다가는 그동안 척살한 수많은 사람들에 대한 진실이 드러날 테고, 회사에서 책임져 줄 리가 없으니 김정인 자신이 그 책임을 져야 한다.

그렇게 되면 유튭에서 사실상 퇴출이다.

누가 범죄자의 방송을 보겠는가? 그렇게 되면 사과로 끝날 문제가 아니다.

"그러면 어쩌자는 거야? 실형이라도 살겠다는 거야?"

"아니, 그러니까 대충 덮을 방법을 찾아봐요. 병신이라면서요! 돈 몇 푼 쥐여 주면 입 닥칠 거 아니에요."

"끄응, 알았다. 씨팔. 이번에 번 거 싹 다 날아가게 생겼네."

사장은 눈을 찡그렸지만 그 방법밖에 없었기에 입맛만 다실 뿐이었다.

⚖️

노형진은 자신의 일을 하다가 문득 최근 진행 상황이 궁금해져 자리에서 일어나 서세영의 사무실로 들어갔다. 고소장을 넣은 후에 더 이상 신경 쓰지 않았기 때문이다.

"바쁘냐?"

"응? 아니야. 바쁜 건 내가 아니라 오빠겠지. 이 시간에 어쩐 일이야?"

"사건에 진전이 있나 해서. 요 근래 이야기가 없길래."

그 말에 서세영은 보고 있던 서류를 내려놓으면서 미소를 지었다.

"사하라엔터테인먼트에서 변호사가 왔어. 사과하면서 손해배상으로 2억 줄 테니까 합의하자던데?"

"2억이라……."

노형진은 피식 웃었다. 딱 예상한 만큼이었으니까.

그리고 그걸 받을 생각이, 노형진에게는 없었다.

"조까라 그래."

"2억이면 그래도 많이 받는 거 아니야? 재판에 가도 솔직히 2억은 못 받잖아."

"그렇지. 그러니까 저 새끼들이 그 돈을 내미는 거지."

사실 구독자 130만 명의 유투버에게 2억은 절대로 적은 돈이 아니다. 그런데 그걸 내건다?

　　"보통 그런 경우, 의도는 두 가지야. 첫 번째, 진짜로 반성하고 사과한다. 두 번째, 뭔가 덮고 싶다."

　　"오빠는 후자라고 생각하는 거고?"

　　"응, 맞아. 잠깐 기다려 봐."

　　그렇게 말한 노형진은 핸드폰으로 제국세기의 홈페이지에 접속했다.

　　그러고는 뭔가를 찾아서 서세영에게 보여 줬다.

　　"이게 뭐야?"

　　"멋진쩡이라는 캐릭터의 장비 세트."

　　요즘은 경쟁을 부추기기 위해 해당 캐릭터의 정보를 인터넷에서 검색하면 볼 수 있게 해 둔다. 그 덕분에 노형진은 필요한 정보에 더 쉽게 접근할 수 있었다.

　　"이렇게 보면 캐릭터 생성일부터 지금 장비까지 다 확인할 수 있거든. 자, 이 멋진쩡이라는 캐릭터 말이야, 어떤 느낌이 들어?"

　　노형진의 말에 서세영은 모니터에 떠 있는 정보 창을 유심히 살폈다.

　　그러나 그녀가 알아낼 수 있는 것은 없었다. 그녀는 게임을 하는 사람이 아니니까.

　　"글쎄…… 난 잘 모르겠어."

　　"장비가 엄청나게 좋아."

"그런 거야?"

"응. 이거 처음부터 싹 다 만들려면 현질해야 하는 금액만 거의 30억 가까이 될걸."

그 말을 들은 서세영은 소스라치게 놀랐다.

"미친! 이걸 다 자기 돈 주고 산다고?"

"아마 프로모션일 거야."

"프로모션?"

노형진은 서세영에게 프로모션이 뭔지 설명했다.

게임사들은 변호사가 그런 게 뭔지 모르기를 바랐지만 노형진같이 사회의 문제를 빠르게 캐치하는 사람들은 게임사의 수익 구조가 대충 어떻게 굴러가는지 알고 있었다.

그걸 들은 서세영은 묘한 얼굴이 되었다.

"그거…… 청부 폭력 아니야?"

"정확하게 표현하자면 그렇지. 상대가 사람이 아니라서 처벌 대상은 아니지만."

그 말에 서세영은 고개를 갸웃했다.

처벌 대상은 아니라는 건 사실이니까.

실제로 노형진도 사건 초기에 유저 간의 분쟁에 대해서는 변호사도, 검사도, 경찰도 아무런 권한이 없다고 말했다.

"이걸 감추고 싶어 한다고? 왜? 법적으로 아무런 문제가 없는 거잖아."

"청부 폭력이라는 게 문제지. 내가 옛날에 게임사를 엿 먹일 때 문제 삼은 조건이 뭔지 알지?"

"그 당시에 오빠가 물고 늘어진 게 그거였지? 게임사는 유저에게 게임 플레이를 할 수 있는 지원을…… 아하!"

"이제 알겠어?"

"이거 엄청 심각한 문제구나."

특정 유저에게 프로모션이라는 명목으로 막대한 지원을 해 줬다. 그리고 그로 인해 분명 손실이 발생했다.

당장 고위 랭커만 돼도 1레벨을 올리기 위해서는 1년 가까운 플레이 시간이 걸리는데, 사망할 때는 확정적으로 경험치가 25%씩 깎이니까.

당연히 그만큼 죽으면 그만큼 시간을 쓰게 된다.

"프로모션의 목적이 그거야."

날아간 시간을 채우기 위해서는 기본적으로 장비가 좋아야 한다.

"그런데 이 경우, 문제가 되는 게 두 가지가 있지."

"두 가지?"

노형진의 말에 서세영은 한참 생각에 잠겼다. 그리고 머리를 부여잡았다.

"으으으, 모르겠다."

"둘 다?"

"아니, 하나는 알겠어. 오빠가 판례를 만든 게 있으니까."

그건 다름 아닌 신의성실의원칙이다.

게임사는 게임을 제작하고 운영하는 입장이다. 그런데 프로모션이라는 이유로 특정 유저에게 혜택과 장비를 주고 다른 유저를 척살하게 함으로써 많은 유저들이 돈을 쓰게 만든다?

"그걸 우리는 보통 청부 폭행이라고 하지."

물론 캐릭터가 사람은 아니니 진짜로 청부 폭행이라고 처벌할 수는 없다.

하지만 최소한 그런 걸 프로모션이랍시고 준 회사는 신의성실의원칙을 깨트린 셈이다.

"신의성실의원칙을 먼저 깨트린 건 회사인 만큼 그에 따른 배상을 해 줘야 하는 것도 결국 회사인 거지."

"헐, 그러면…… 일이 엄청 커지겠구나."

제국세기를 하는 유저들 중에는 소위 말하는 '고래'가 엄청나게 많다.

한 달에 1천만 원 정도 쓰는 유저는 거지 취급받는 게 바로 제국세기다.

유저들은 한 달 평균 수천만 원, 많게는 1억씩 쓴다.

그러나 신의성실의원칙이 깨진 이상 그에 따른 보상 책임을 져야 하는데, 그런 경우 이 수억에서 수십억에 달하는 배상 책임이 문제가 된다.

"음…… 그건 알겠어."

서세영은 고개를 끄덕거렸다.

"하지만 다른 문제가 뭔지는 모르겠는데."

고개를 갸웃하는 서세영.

그도 그럴 게 이런 건 판례 자체가 없는 사건이다 보니 경험이 부족한 서세영의 입장에서는 짐작조차 할 수 없었다.

"하긴, 지금까지 이 문제에 대해 생각해 본 변호사가 나타난 적이 없으니……."

노형진은 아쉬운 마음에 입맛을 다셨다.

창의력과 통찰력이 절대적으로 필요한 재판의 영역에서 의외로 창의력과 통찰력을 갖춘 변호사는 흔치 않았다.

"내가 지난번에 말했지, 아이템의 현거래는 합법이라고."

"그랬지."

실제로 해당 판결은 법원에서 내려진 거다. 회사의 약관과는 별개로 말이다.

"그리고 실제로 그걸 기반으로 게임 아이템 사기를 친 놈들이 처벌받은 사례도 있지. 알지?"

"알지. 생각보다 게임 내 사기 사건이 엄청 많잖아."

아이템을 빼앗기 위해 가짜로 속인다거나 현금 거래를 한다고 하고 아이템만 챙긴다거나 하는 식으로 사기를 치는 놈들은 게임 내에 엄청나게 많고, 실제로 법적으로도 처벌받는다.

"그러면 아이템의 재산성에 대해 법원에서 보는 시각은 명확하네. 그치?"

"그렇지."

재산적 가치가 인정된다. 이는 부정할 수 없는 사실이다.

"그런데 PVP를 통해 해당 아이템을 강탈해 가면 그건 어떻게 될까?"

"어?"

그 말에 서세영의 얼굴이 멍해졌다.

그건 지금까지 생각해 본 적이 없는 일이었다. 아니, 누구도 생각해 보지 못한 일이었다.

심지어 이 문제는 명백히 수십 년간 벌어져 왔으나, 그럼에도 경찰에 신고해도 접수조차 해 주지 않는 일이었다.

게임상의 '데이터 쪼가리'일 뿐이니까.

당연하게도 지금까지 누구도 이걸 문제 삼지 않았다.

심지어 사기로 고소하면서도 말이다.

"어…… 그럼 어떻게 되는 건가? 잠깐…… 그러니까 이게……."

멍하니 있던 서세영은 더듬거리면서 물었다.

"그러니까 이게, 강도가 되는 거라고?"

"강도는 아니지. 사람이 다친 게 아니니까."

"그러면 절도인가?"

"절도가 맞겠네."

아무리 데이터 쪼가리라고 할지라도 이미 법원을 통해 실제로 재산으로써의 가치와 거래 가능성이 인정된 이상 이건 분명히 절도가 성립할 수 있다.

"다만 다들 PVP는 게임의 일부라고 인식하기 때문에 미처 생각하지 못하고 있을 뿐이지."

실제로 아이템 하나가 수천만 원에서 수억을 호가하는 게 현재 게임판이다.

그런데 그걸 상대방 캐릭터를 죽이고 빼앗아 간다면?

"와, 그러네. 지금까지 그에 대해 한 번도 생각해 본 적이 없네."

노형진의 말에 서세영은 기가 막혔다.

자신도 법을 배우고 전공하는데 그에 대해 생각해 보지 않았다니.

"이게 표면적으로 나오면 어떻게 될 것 같아?"

"어, 그러면 회사가 좆 되는 거 아냐?"

"좆 되는 거지."

왜냐하면 지난 수십 년간 PVP를 통해 소유권이 넘어간 수많은 장비들이 있고, 그걸 돌려 달라고 하는 놈들이 있을 테니까.

문제는 그런 장비들의 값어치가 이제는 달라졌고, 대부분은 손망실 처리가 되었다는 거다.

왜냐하면 게임사들은 게임 내부의 아이템 시세를 컨트롤하기 위해 장비를 분해해서 나오는 아이템도 재료로 요구하기 때문이다.

"즉, 그걸 돌려 달라고 하기 시작하면 대혼란의 장이 열린다는 거지."

그렇게 말한 노형진은 씩 웃었다.

"엿 한번 제대로 먹여 보자고. 후후후."

　게임 아이템 '도둑질'.

　이 문제에 대해 누구도, 게임사 내부의 직원이나 심지어 그 게임을 플레이하는 플레이어조차도 심각하게 생각한 적이 없었다.

　그랬기에 판례조차 없었지만, 노형진이 아이템에 대한 절도 행위로 소송을 걸면서 문제는 걷잡을 수 없이 커지기 시작했다.

　"법무 팀에서는 뭐래?"

　"재판해 봐야 안답니다. 그런데 확률적으로는 절도일 가능성이 아주 높다고……."

　"아니, 씨팔…… 그게 왜?"

"이미 말씀드렸다시피 법원에서는 아이템에서의 소유권을 인정하고 있기 때문에……."

정확하게 표현하자면 소유권 자체의 문제에 대해서는 판례가 없다.

게임의 소유권 문제에 대해 재산적인 영역을 인정한다면 서비스 종료 등에 문제가 생기기에, 사실상 소유권은 회사에 있으나 그걸 소유한 사람에게 사용권이 있는 형태에 가깝다.

"돌겠네. 이거 아직 조용한 거지?"

"언론사들에서 냄새를 맡고 달려들기 전에 애써 틀어막고는 있습니다만……."

"새론에서는 뭐라고 안 하고?"

"왜 그런지는 모르겠지만 아직은 크게 반응이 없습니다."

"새론이 이럴 새끼들이 아닌데."

현실적으로 보면 노형진도 새론도, 이런 문제를 쉬쉬하면서 처리할 놈들이 아니다.

그런데 아직도 조용하다는 것을 제국세기 측에서는 이해할 수가 없었다.

"그래도 고발은 들어갔다고?"

"네, 사하라에 고발이 들어가서……."

"사하라라고? 아, 씨팔. 미치겠네."

제국세기 쪽은 속이 바짝바짝 탔지만 현실적으로 문제를 해결할 방법은 없었다.

그리고 그 시각, 똑같이 속이 바짝바짝 타는 사람이 한 명
더 있었다.

  "이름이 뭡니까?"
  "김정인입니다."
  "나이는요?"
  다소 긴장한 기색의 김정인이 답했다.
  그러자 경찰이 눈을 게슴츠레 뜨고 서류를 보더니 거기에
적힌 것을 읽기 시작했다.
  "귀하는 제국세기에서 게임 플레이어인 오성태의 캐릭터
멋쟁이신사를 살해? 아니, 살해라고 할 수는 없고, 끄응…….
제압이라고 해야 하나? 제압하고 그 후에 해당 캐릭터가 떨
어트린 아이템, 시가 400만 원 상당의 진격의 강철 갑옷과
140만 원 상당의 골드 그리고 탄생의 보주를 비롯한 시가 80
만 원 상당의 아이템을 절취한 것이 사실입니까?"
  "아니요. 저는 진짜로 죽인 적이 없습니다."
  장황한 말 끝에 던져진 질문을 들은 김정인은 황급히 손을
내저었다.
  그러자 경찰이 기가 막힌 얼굴로 그를 바라보았다.
  "누가 죽였대요? 그거 가지고 간 게 사실이냐고요."

"아, 네."

"그게 현재 거래가 가능한 아이템이라는 것도 알고 있고요?"

"그거야 그런데……."

김정인은 말을 하면서도 입술이 바짝바짝 말랐다.

그런 그를 지켜보던, 그의 옆에 서 있는 변호사는 골치 아픈 얼굴을 하고 있었다.

그도 그럴 게, 그렇잖아도 명예훼손과 허위 사실 유포 그리고 업무방해까지 엮여 있는데 그 와중에 다른 것도 아니고 절도까지 엮어 버렸기 때문이다.

"고작 아이템 아닙니까?"

결국 보다 못한 변호사.

그는 김정인을 편들어 주기 위해 조심스럽게 입을 열었다.

그러자 경찰도 어이가 없다는 듯 말했다.

"저기요, 변호사님. 그건 저도 알죠. 아이템. 그런데 그게 현거래가 수백만 원에 이루어지는 물건 아닙니까? 그러면 이건 절도일 가능성이 분명 있죠."

"아니, 게임 속의 데이터 쪼가리일 뿐이라니까요."

"저는 그걸 판단 못 한다니까요."

경찰은 기가 막히다는 듯 말했다.

"그런 걸 마음대로 판단했다간 나중에 문제 됩니다, 진짜."

경찰에게는 죄의 여부를 판단할 법적인 권한이 없다.

일부 경찰들이 그런 짓거리를 하지 않는 건 아니지만 명백하게 불법행위고, 실제로 그로 인해 손해배상을 해 준 적도 있다.

더군다나 이건 판례조차도 없는 사건.

그런데 이런 걸 만일 경찰이 마음대로 판단해서 혐의 없음으로 결정한다?

그러면 그때는 새론에서 100% 월권으로 물고 늘어질 거다.

새론이 월권에 대해 그냥 넘어가는 집단이 아니라는 건 경찰도 잘 알고 있다.

"저는 사실대로 상부에 올릴 수만 있을 뿐이지 죄가 된다 안 된다 말을 못 해요. 일단 상부에 올려서 판단을 받으셔야 해요."

"하지만……."

문제는 그거다.

노형진은 이미 게임 아이템의 재산성에 대한 입증을 끝냈다. 그리고 실제로 판례도 그걸 인정하고 있고 말이다.

그런데 지금 김정인의 변호사가 할 수 있는 말은 고작 '데이터 쪼가리일 뿐입니다.'뿐이다.

변호사들이 게임에 대한 지식이 부족하다 보니 벌어진 일이었다.

문제는 가상화폐 역시 데이터일 뿐이고, 은행의 계좌 이체 같은 것도 엄밀하게 말하면 데이터 쪼가리라는 거다.

심지어 증권조차도 이제는 현물이 아니라 모조리 데이터

로 바꿔서 보관한다.

즉, 데이터도 재산인 시대라는 것.

"환장하겠네."

변호사는 어떻게 해야 하나 고민했다.

그리고 그 모습을 보면서, 김정인은 지금이라도 당장 변호사를 바꿔야 하나 고민할 수밖에 없었다.

⚖️

결국 김정인은 기소가 되었다.

경찰 입장에서는 이미 재산성이 인정된 물건이 걸린 문제인 이상 기소 의견으로 송치하는 것 말고는 선택지가 없었기 때문이다.

그리고 이 사건은 다름 아닌 홍보석이 담당하게 되었다.

"친애하는 재판장님, 피고인은 단 한 번도 절도라는 걸 해본 적이 없습니다. 또한 해당 아이템은 단순히 게임 내부의 가상의 물건에 지나지 않으며, 해당 게임 내에서도 PVP를 통해 해당 물건을 떨어트리는 것에 대한 고지가 충분히 되어 있습니다."

나름 공부하고 온 것인지 아니면 제국세기에서 어드바이스를 해 준 것인지는 모르지만, 김정인의 변호사는 최선을 다해서 변호했다.

이것이 법이다

"해당 게임을 하기 위해서는 모든 플레이어는 약관에 동의해야 하며, 그 약관에 동의하는 경우에는 그 책임을 상대방에게 물을 수 없습니다."

그래서일까, 그의 변호는 나름 말이 되기는 했다.

"해당 서버의 경우는 무제한 PVP가 허락되었으며 해당 서버에 들어간다는 것 자체가 무제한 PVP에 동의한다는 것을 의미합니다. 자신이 동의한 약관에 따라 게임이 플레이되었는데 그 결과에 의해 절도가 성립될 수는 없습니다, 재판장님."

그 말에 재판장은 고개를 끄덕거렸다. 얼핏 그렇게 볼 수도 있는 일이니까.

하지만 홍보석은 새론에서 키운 스타 변호사 중 한 명이었고, 스타 변호사들은 다른 검사들보다 훨씬 넓은 판단력을 가지고 있었다.

더군다나 이 뒤에 다른 사람도 아닌 노형진이 있다는 게 저들에게는 재앙이었다.

"피고인 측 변호인, 그 약관에 대해 정확하게 알고 하시는 말씀입니까?"

"그렇습니다. 약관 87조 3항에 따르면……."

"네, 좋습니다. 약관 87조 3항, 아니 87조 전부를 읽어 드리겠습니다. 1항, 플레이어는 사망 시에 아이템을 랜덤하게 떨굴 수 있다."

전체적으로 읽기 시작하는 홍보석 검사.

전반적인 내용은 간단했다.

플레이어가 죽으면 무차별적으로 아이템이 떨어지며, 그로 인해 발생하는 모든 피해는 회사에서 책임지지 않는다는 것이었다.

"이게 맞습니까?"

"네, 맞습니다."

"그러면 묻겠습니다. 여기 있는 김정인 씨가 회사인가요?"

"네?"

"여기 있는 김정인 씨가 회사이거나 회사와 관련이 있거나 계약 관계에 있습니까?"

그 말에 순간 김정인은 움찔했다.

변호사도 순간 움찔했다. 그게 사실이니까.

하지만 그건 반드시 지켜야 할 비밀이었다.

"아니요."

"그런데 왜 이 조항에 대해 언급하시는 거죠? 이 조항은 사망 시 발생하는 아이템 손망실에 대한 책임이 회사에는 없다는 걸 말하는 것입니다만?"

"그거야……."

그 말에 김정인의 변호사는 진땀을 흘렸다.

그리고 그 모습을 본 홍보석은 더더욱 가열하게 공격해 들어갔다.

"재판장님, 해당 자료에 따르면 어떠한 약관에도 사망 시에 해당 아이템의 소유권을 PVP 대상에게 양도한다는 조항은 없습니다."

"그게 그거 아닙니까?"

"전혀 다르죠. 캐릭터가 사망하면서 아이템을 랜덤하게 떨군다면 그건 그 순간부터 점유이탈물이 됩니다."

그렇게 말하면서 홍보석은 뭔가를 꺼내 그들에게 내밀었다.

"이게 뭔지 압니까?"

"그건…… 뭡니까?"

스크린샷을 출력한 것으로 보이는 그것은 회색의 점액질을 내뿜으며 꾸물거리는 몬스터의 모습이었다.

변호사가 모르는 눈치자, 홍보석은 출력물을 김정인에게 보여 주었다.

"피고인, 피고인은 이게 뭔지 압니까?"

"어…… 압니다."

"뭡니까, 이게?"

"수거자……라고 합니다."

"용도가 뭐죠?"

홍보석의 말에 김정인은 곤란한 듯 변호사를 바라보았다.

그러자 변호사는 대답하라고 눈치를 보냈다. 그게 뭔지도 모르는데 대답할 수는 없으니까.

"그…… 유저가 아이템을 떨구면 나타나는 몬스터입니다."

방식은 간단하다.

유저가 죽으면 해당 지역에 이 몬스터가 리젠되어 유저가 드롭한 장비를 흡수한다.

"그러면 이 몬스터는 어떤 식으로 작동합니까?"

"아이템을 먹고 그곳을 일정 시간 배회합니다."

그래서 정식 명칭은 '수거자'지만 플레이어들은 종종 황금 고블린이라고 부르기도 한다.

일정 시간 내에 때려잡으면 먹은 장비를 뱉어 내기 때문이다.

"그러면 그 후에는 어떻게 되죠?"

"그거야……."

그다음에는 개판이 된다.

만일 플레이어가 자기가 죽은 곳에서 부활하거나 안전지대에서 살아나 다시 찾아온다고 해도 결국은 이 수거자라는 몬스터를 죽여야 장비를 되찾을 수 있다.

문제는 이 수거자가 결코 약한 몬스터가 아니라는 것.

해당 사냥터의 최고위 몬스터보다 강하게 설정되어 있기 때문에 수거자를 잡기 위해서는 서브 아이템조차도 어마어마한 위력을 가지고 있어야 한다.

공격력 자체는 비슷하지만 방어력도, 체력도 훨씬 높기 때문이다.

문제는 그뿐만이 아니다.

누군가가 수거자를 미친 듯이 패고 있다는 것은 그가 수거자에게 중요한 물건을 흡수당했다는 의미다.

잡템을 떨궜다면 욕이나 하고 말지 굳이 수거자를 잡으려고 발악하지는 않을 테니까.

그렇기에 그걸 본 다른 유저들은 수거자를 사냥하는 유저를 공격한다. 그리고 수거자를 잡아서 장비를 먹으려고 한다.

즉, 일종의 유저 간의 고의적인 분쟁을 일으켜서 PVP를 발생시키기 위한 함정이 바로 이 수거자라는 몬스터인 것이다.

더군다나 이 몬스터는 일정 시간만 존재하고 사라지기 때문에 어지간해서는 아이템을 회수하지 못한다.

집중한다면 잡을 수야 있겠지만 존재한다는 것 자체만으로도 주변 유저들과의 PVP를 피할 수 없기 때문에 결국 시간을 초과하게 되는 것이다.

'그리고 장비는 사라지고 말이지.'

게임 내의 아이템 숫자를 컨트롤하기 위해 회사가 장치한 일종의 속임수인 셈이다.

"그 말은 그 아이템의 소유권자인 회사가 사망에 대한 페널티로써 아이템을 회수해 갈 수 있다는 소리네요?"

"어, 그러니까……."

변호사는 말을 더듬었다. 엄밀하게 말하면 그렇기 때문이다.

"그런데 피고인은 그걸 얻기 위해 고의적으로 오성태 씨의 캐릭터인 멋쟁이신사를 제압하셨지요. 아닌가요?"

"그건 그런데……."

"재판장님, 절도에서 중요한 것은 바로 강제성과 목표성입니다. 피고인은 피해자 오성태에게서 아이템을 절취할 목적으로 무려 2주간에 걸쳐서 30회가 넘도록 해당 캐릭터를 게임상에서 살해하였고, 그 과정에서 피해자가 자신의 억울함을 주장하지 못하게 하기 위해 피해자에게 조폭이라는 등의 허위 사실을 고의적으로 수백만 명 앞에서 유포하였습니다. 해당 발언이 들어간 영상의 숫자는 총 43회이고 해당 영상의 총 플레이 수는 2,008만 회입니다. 즉, 피고인은 처음부터 재산을 갈취할 목적으로 악질적으로 접근, 피해자의 재산을 지속적으로 노려 왔다고 볼 수 있습니다."

"변호사님, 어떻게 좀 해 봐요."

걷잡을 수 없이 휘몰아치는 상황에 김정인은 울먹이면서 변호사를 바라보았지만, 변호사는 뭐라고 할 수가 없었다.

지금까지 말한 건 모두 사실이고, 모두 고발되어서 재판장에 선 거니까.

"다른 사건으로 재판 중인 건에 대해서는…… 말을 아끼겠습니다."

변호사가 할 수 있는 건 없었고, 그걸 보면서 김정인은 울상이 될 수밖에 없었다.

⚖️

김정인과 사하라에 들어가는 압박은 단순히 그러한 부분

뿐만이 아니었다.

노형진은 작심하고 그들을 털어 버릴 생각을 했고, 그걸 위해 최후의 경고장을 날렸다.

그리고 그걸 받아 든 김정인은 다급하게 노형진을 찾아올 수밖에 없었다.

"변호사님, 잘못했습니다. 제발…… 제발 살려 주세요."

"내가요? 왜요?"

노형진은 시큰둥하게 말했다.

"오성태 씨를 괴롭힐 때는 즐거웠잖아요? 그래서 낄낄거리면서 신나게 뜯어먹었으면서, 왜 이러실까?"

노형진은 단호하게 말했다.

그런 노형진에게 김정인이 석고대죄를 할 태세로 말했다.

"저희가 잘못했습니다. 그동안 먹은 것뿐만 아니라 그동안 피해 입은 것도 싹 다 배상해 드리겠습니다."

"싫은데요."

"하다못해 저희만이라도 모른 척해 주십시오."

"이런 말이 있죠. 선이 침묵하면 악이 승리한다. 침묵한 것도 아니고 악에 동조한 사람들을 놔줄 필요는 없죠."

김정인은 자기만이라도 살려 달라고 빌고 있었다.

왜냐하면 명예훼손과 허위 사실 유포로 노형진이 고소한 사람이 김정인만이 아니었기 때문이다.

오성태는 울트라챗으로 억울하다고 말했지만 김정인은 자

신의 정당성을 위해 그를 병신이라고 빈정거렸다. 그리고 거기에 많은 사람들이 동참했다.

단순히 일반 채팅으로 동조한 수준을 넘어서 노형진처럼 울트라챗까지 해 가면서 동조한 사람이 이백 명이 넘었고, 일반 채팅으로 떠든 놈들까지 합하면 수천 명이 넘어갔다.

죄다 분위기에 휩쓸려서 사람을 죽이겠다고 물어뜯은 거다.

오죽하면 서세영이 오성태에게 이참에 집 하나 사겠다고 했겠는가?

그렇다 보니 김정인의 방송은 완전히 박살 난 상태였다.

그럴 수밖에 없는 게, 그놈들에게도 속속 고소장이 들어가고 있었으니까.

당연히 그들은 김정인의 방송에 와서 그에 대해 떠들고 있었고, 그렇잖아도 고소당해서 뒤숭숭한데 그 사실을 자꾸 떠드는 바람에 힘겨워진 김정인은 그 이야기를 하는 사람들을 모조리 차단해 버렸다.

당연하게도 그게 소문나지 않을 수가 없었고, 자연히 시청자들의 숫자는 점점 줄고 그에 대해 따지는 사람만 점점 늘어났다.

사실 김정인과 사하라는 고소당한 놈들이 어떻게 되든 상관없었다. 중요한 건 자신들이니까.

하지만 그런 그들에게 노형진은 내용증명으로 최후통첩을 했다.

"그걸 뺄 수는 없죠. 그리고 범죄행위 중계를 계속하게 할 수는 없지 않습니까?"

노형진이 김정인과 사하라에 보낸 최후통첩. 그건 다름 아닌 계정의 폐쇄였다.

물론 유툽이 바보도 아니고 폐쇄해 달라고 요청한다고 해서 무조건 들어주는 것은 아니다.

설사 신청자가 노형진이라고 해도 그건 마찬가지.

법과 원칙 그리고 규정에 따라 채널의 폐쇄를 결정한다.

'그리고 바로 그게 문제가 되는 거지.'

다른 나라의 게임에는 상대방을 죽여서 아이템을 빼앗는다는 개념이 아예 없다.

미국이나 유럽, 심지어 중국의 게임들은 죽으면 경험치를 빼앗으면 빼앗았지, 상대방의 아이템을 빼앗지는 않는다.

그들에게는 소유권이라는 개념이 명확하기 때문이다.

그에 반해 한국은 소유권이라는 개념보다는 경쟁을 통해 돈을 쓰는 데 더 집중하도록 게임을 설계했다.

그 결과, 상대방 유저를 죽여서 아이템을 빼앗는다는 것을 가능케 했다.

그런데 여기서 문제가 생긴다.

노형진은 그 행위를 절도로 고소했고, 현실적으로 재산성이 인정된 이상 절도에 관한 처벌이 나올 가능성이 크다.

그렇게 되면?

노형진은 당당하게 김정인의 유튜 채널인 멋진쩡이 채널에 대한 폐쇄를 요구할 수 있게 된다.

　　유튜의 규정상 범죄와 관련된 채널은 폐쇄할 수 있기 때문이다.

　　심지어 멋진쩡이 채널의 영상은 대부분 PVP를 통한 유저의 학살 및 절도 등으로 구성된 만큼 폐쇄가 어렵지는 않을 것이다.

　　'그리고 이들에게는 날벼락이나 다름없겠지.'

　　김정인에게는 날벼락일 수밖에 없다. 힘들게 키운 채널이 사라지니까.

　　시청자가 130만 명 이상이라면 매달 수천만 원씩 나오던 것이 훅 날아가는 셈이다.

　　사하라도 마찬가지.

　　사하라에는 유독 이런 한국식 플레이를 하는 유투버들이 많다.

　　만일 노형진의 생각대로 절도가 인정되고 그에 대한 처벌이 이루어진다면, 유튜 입장에서는 이걸 차단하지 않을 수가 없다.

　　그걸 알기에 김정인과 사하라는 노형진을 찾아와서 빌 수밖에 없었다.

　　절도가 되는지 안 되는지에 대해 판단하는 건 검찰과 법원의 소관이지만, 그걸 유튜에 통지하고 해당 채널을 폐쇄하게 할지 결정하는 건 노형진이니까.

"제발 잘못했습니다. 저희가 어떻게 해서든 배상하겠습니다."

"아니, 배상은 당연히 받아야지요. 기다리세요. 손해배상 청구 소송을 제대로 할 테니까. 설마 배상도 안 하고 그냥 입 싹 털고 닫으려고 했어요? 미안하지만 저는 배상이 없으면 반성도 없다고 생각하는 사람입니다."

말 한마디로 천 냥 빚을 갚는다? 물론 가능하다.

하지만 그러기 위해서는 진심을 보여 줘야 한다.

그런데 한국은 사과하면 병신 취급받는 나라다.

그렇다 보니 한국에서 이뤄지는 사과란 가해자가 불리해지지 않기 위해서 하는 거짓인 경우가 대부분이다.

"제발, 살려 주세요. 네?"

그렇잖아도 김정인은 여러모로 코너에 몰리고 있었다.

눈치 빠른 사이버 렉카들이 모여들면서 그에 대해 캐내고 있었기 때문이다.

조금만 더 있으면 진짜로 사이버 렉카들에게 씹힐 참이었다.

그런데 그걸로 끝이 아니었다.

일부에서는 이미 김정인이 장애인을 집요하게 노린 것으로 욕하고 있었던 것이다.

그리고 그 사실을 듣고 외부에서 김정인의 채널로 찾아온 사람들이 함께 욕하고 있었다.

당연하게도 그 사람들과 팬들 사이에 싸움이 붙었고, 그로 인해 채널의 존속을 걱정해야 하는 상황이 되었다.

"제발 부탁드립니다."

"아니, 저한테 뭐라고 하실 게 아니라니까요. 자기가 저질렀으면 책임을 지셔야지요."

시큰둥하게 말한 노형진은 비웃음을 날렸다.

"더군다나 현실로 치면 돈 받고 청부 살인까지 한 건데, 이제 와서 '잘못했습니다.'라는 말로 덮으려고 하십니까?"

노형진의 말에 김정인과 사하라 사장의 얼굴이 굳어졌다.

그건 비밀이었으니까.

"뭐, 좋은 자세입니다. 청부업자로서 모두 책임지고 입 꾹 다물고 자기 인생 자기가 조지겠다니, 아주 좋은 자세예요. 청부업자의 귀감입니다."

"청부업자라니요! 저희는 청부 같은 건……!"

"그래요? 프로모션을 명목으로 무기와 온갖 장비까지 지원받고 다른 사람을 괴롭혔잖습니까?"

"그건……."

"우리는 그걸 청부라고 부르기로 했습니다."

"……."

그 말에 김정인은 할 말이 없어졌다.

실제로 그런 건 청부라고밖에 부를 말이 없었으니까.

그 아이템으로 몬스터만 사냥했다면 문제가 안 되었을 것이다.

하지만 제국세기는 강해진 걸 어필해서 고래들이 돈을 쓰게 하기 위해 플레이어들을 사냥할 것을 요구했다.

때로는 자신들이 선택하기도 했고, 때로는 제국세기에서 누구를 죽여 달라고 청부하기도 했다.

중요한 건 실제로 그들을 괴롭히고 그들이 가진 장비를 빼앗아 그들이 돈을 쓰게 만들었다는 거다.

당장 가장 비싼 칼이 4억이 넘는데, 그걸 빼앗긴 사람은 그걸 만들기 위해 또다시 4억을 꼬라박아야 하기 때문이다.

아니, 확률이 낮으니 돈이 더 들었으면 들었지, 덜 들지는 않았을 거다.

"아!"

그때 뭔가 생각난 듯 갑자기 손바닥을 딱 치는 노형진.

"당신들한테 당한 조폭들이 한수중 패거리 외에도 더 있죠? 그 사람들이 당신들을 살려 둘지 모르겠네?"

그 말에 두 사람의 눈동자가 흔들리기 시작했다.

사실 직접 찾아온 건 한수중뿐이지만, 죽여 버리겠다고 길길이 날뛴 사람이 한두 명이 아니었던 것이다.

당연하다. 연 단위의 시간을 허송세월하고, 재수 없으면 수억의 돈을 날렸으니까.

"그거 갚아 줄 수 있어요? 물론 '살아생전에'."

"······."

당연히 못 갚는다.

조폭들이 괜히 조폭이 아니다.

딱 손해 본 것만 갚으면 될까? 그럴 리가 없다.

그걸 핑계로 수십억, 아니 수백억을 뜯어먹으려고 할 거다.

금방이라도 업보에 짓눌려 죽을 것 같은 얼굴이 된 두 사람을 향해 노형진이 생긋 웃으며 말했다.

"죽으면 장기로 갚는 수도 있다던데요."

"제……발……."

노형진의 말에 이제 두 사람은 공포에 와들와들 떨었다. 노형진은 그들에게 한마디를 더 해 줬다.

"그, 전의 그 사람 기억하십니까? 게임 하다가 조폭에게 납치되었던 게임사 사장 아버지."

게임이 사기 같다면서, 돈을 요구하면서 납치했던 사건.

사실 납치를 한 자 입장에서도 어이없기는 할 거다.

5억 넘게 꼬라박았는데 강화 한 번 실패했다고 가루로 깨져 버렸으니까.

그리고 복구 가능하냐고 하니 '고객님의 선택'이라면서 다시 5억을 꼬라박으라는데 사람이 눈깔이 돌아가지 않을 수가 없다.

더군다나 이미 5억이나 꼬라박았다고 해서 그가 수백억씩 쥐고 있는 그런 조폭도 아니었다.

게임, 아니 도박 중독으로 인해 대출까지 다 당겨서 게임에 처박은 인간이었는데 그렇게 만든 물건이 한 방에 가루가 되어 버린 셈이니까.

"뉴스에는 나가지 않았지만 말이죠."

노형진은 안타깝다는 듯 말했다.

"그냥 죽인 게 아니더라고요."

"그냥 죽인 게 아니라고요?"

"네. 처음에는 돈을 내놓으라고 발톱을 뽑았답니다. 그다음에는 손톱을 뽑았다죠? 그런데 그래도 돈을 안 주니까 눈깔을 후벼 파고 혀까지 뽑아 버렸대요."

그 말에 사색이 되면서 덜덜 떠는 두 사람.

심지어 김정인은 공포로 자신도 모르게 오줌까지 싸고 말았다.

사장이야 제3자지만 자신은 그 조폭을 괴롭히고 죽이고 가지고 논 당사자니까.

"대단하더라고요. 그 아들이라는 인간도 어떻게, 제 아비가 그렇게 고문당하는 걸 알면서도 죽어도 돈은 못 주겠다고 했는지."

노형진은 그렇게 말하면서 두 사람을 안쓰럽게 바라보았다.

"가족분들이 욕심이 없기를 바랍니다. 그런데 피해자가 한둘이 아니라서 언제까지 버티실 수 있을지 모르겠네."

"제발…… 살려 주세요! 제발!"

순식간에 겁먹고 졸아든 두 사람은 노형진에게 매달렸다.

농담으로 듣기에는 너무나도 살벌한 말이었으니까.

문제는, 지금은 그게 가능한 상황이라는 거다.

"방법은 하나뿐이죠. 모든 책임을 회사로 넘기는 거."

그 말에 김정인은 사하라의 사장을 돌아보았다. 그리고 다급하게 노형진에게 매달렸다.

"진짜로 회사에서 시킨 겁니다! 진짜로 회사에서 하라는 대로 한 것뿐입니다!"

"너…… 너! 이 새끼가!"

'내 이럴 줄 알았다.'

고문당할지도 모른다는 두려움. 조폭을 건드렸다는 공포.

그 공포를 과연 김정인이 버틸 수 있을까?

그럴 리가 없다.

사하라의 사장이야 제3자라고 모른 척하고 있으면 안전할지 모른다. 하지만 김정인은 아니다.

"그래요? 사장님, 유언장 공증해 드릴까요?"

"아닙니다. 저는 진짜로 시킨 적 없습니다."

"증언이 있으면 안 통할 것 같은데요. 뭐, 재판부야 믿을지 몰라도 글쎄요. 조폭들도 믿을지."

"아니에요! 이거 다 제국세기에서 시킨 거예요!"

엉겁결에 사실을 폭로한 그는 순간 입을 막았다.

하지만 이내 다시 입을 열었다.

그가 사하라엔터테인먼트를 만든 이유는 돈을 벌기 위함이지, 고문당하고 살해당하기 위함이 아니었기 때문이다.

"저는 진짜 억울합니다! 이거 다 프로모션이라고요!"

"프로모션이라고요?"

"네…… 사실은……."

프로모션을 통해 강함을 어필하고 사람들이 돈을 쓰게 만드는 것.

그게 목적인 동시에 그걸 통해 파워 인플레이션을 만들어냄으로써 전체적으로 수익을 당겨 오기 위한 하나의 수단이었다는 것.

"그렇게 한 번 프로모션을 하면 수십억 벌어들이니까요."

"흠……."

"그리고 회사는 손해가 없으니까요."

회사 입장에서는 유튜버에게 주는 돈은 결과적으로 돌아오는 돈이다. 그리고 그걸 경비로 처리해서 광고비로 그만큼 세금을 내지 않는다.

거기다가 매달 수십억씩 꼬라박으면 인터넷상에서 매출 1위라는 식의 홍보가 가능해진다.

음악의 경우도 음반 사재기를 통해 수십억씩 꼬라박는 판국에 이 돈은 결국 다시 돌아오는 돈이니만큼 손해라고 볼게 전혀 없는 거다.

오로지 거기에 속아서 돈을 날린 사람들만 있을 뿐.

"그러면 이렇게 하죠."

노형진은 느긋하게 말했다.

"이거 모조리 양심선언 하시고 자숙하세요."

"자숙?"

"딱 6개월만 합시다."

"6개월……."

6개월이라는 자숙 기간은 유튜버에게는 일종의 마법 기간이다. 왜냐하면 그 기간이 지나면 수익 창출이 막히기 때문이다.

즉, 6개월 안에만 돌아오면 수익은 계속 창출할 수 있기 때문에 유튜버에게 6개월은 손해를 최소화할 수 있는 시간이었다.

"아니면 뭐……."

노형진은 어깨를 으쓱하며 말했다.

"회사에서 돈 받고 장애인만 노린 악질 청부업자라고 기자회견 한번 해 드리고요."

그 말에 두 사람은 다시 사색이 되었다.

그렇게 되면 자신들은 끝이다. 아무리 열심히 방송한다고 해도 보러 오는 사람은 거의 없을 테고, 그걸 보고 조폭들이나 잡으러 올 거다.

물론 그마저도 노형진이 채널을 폐쇄하지 않을 때의 이야기다.

"알겠습니다."

결국 다른 선택지가 없기에 두 사람은 고개를 끄덕거렸다.

이것이 법이다

김정인은 결국 사과 방송을 올렸다. 그리고 그 부분에 대해 죄를 인정하기로 했다.

물론 그에 따른 합의를 해야 했지만 말이다.

-저희는 멋쟁이신사가 진짜로 조폭인 줄 알았습니다. 해당 정보를 준 건 제국세기 측이었고, 그쪽에서 그를 척살 대상으로 특정해 줬습니다. 척살 대상이나 공격 대상은 일반적으로 저희가 플레이를 보고 정하기도 하지만 집요하게 괴롭힌 대상들은 대부분 제국세기 측의 결정에 따랐습니다. 저희는 그들에게 프로모션을 받고…….

유투버의 사과 방송이야 하도 많다 보니까 이제는 하나의 콘텐츠 취급받는 수준이었지만 이번만큼은 일이 너무 커졌다.

그럴 수밖에 없었다.

-아니, 그러니까 유저들을 죽이라고 회사가 청부 살인을 했다는 거네?

-내가 중국에서 자식이 게임만 한다고 아들 캐릭터를 청부 살인했다는 뉴스는 봤거든? 그런데 게임사에서 자기네 게임 플레이어를 청부 살인했다는 건 또 처음 보네. 개판이네, 진짜.

-아는 변호사한테 물어보니까 이거 절도 가능하대. 아이템의 재

산권에 대해서는 법률계에 이견이 없으니까.

−야, 이 씹. 그러면 내가 털린 1,200만 원짜리 환상 단검은 누가 주는 거?

−그렇잖아도 그거 때문에 새론이랑 하늘 난리 난 거 모름? 지금 그거 절도 사건으로 무차별 PVP 당해서 아이템 털린 사람들이 다 되찾겠다고 난리래.

−아니, PVP 합법 서버 아냐?

−서로 싸우는 건 문제가 안 된대. 그런데 재산권이 걸린 물건을 털어 갔잖아. 그게 문제인 거지.

−그거 수십억은 넘을 텐데 개판 났네.

−수십억이 뭐냐? 조 단위가 될지도 모르는 상황인데. 더군다나 그거 소송 때문에 경찰에서 로그 달라고 요청을 많이 해서 게임사들이 업무가 거의 불가 상황이라던데?

"이야, 자네가 또 한 건 했군."

김성식은 즐거운 얼굴로 말했다.

서세영과 잠깐 자기네 사건을 한다고 하더니 최소 수천억짜리 사건이 갑자기 튀어나와 버린 것이다.

"뭐, 예상은 했던 일입니다."

이런 게임을 하는 플레이어들은 대부분 소위 고래라고 불리는 재산가들이다.

그들에게 중요한 건 돈이 아니라 자존심이고, 그 때문에 하등 가치가 없다는 걸 알면서도 게임에 돈을 매달 수억씩 꼬라박았다.

그런데 그게 다 게임사에 놀아난 거였고, 그것만으로도 부족해서 그들에게서 돈을 더 뜯어내기 위해 척살까지 사주했다고?

게임 내에서 척살령을 내린 경험밖에 없는 그들이 게임사에 의해 척살령을 당했으니 얼마나 화가 나겠는가?

결국 몇몇 사람들이 게임사를 못 믿겠다며 신의성실 위반을 이유로 돈을 돌려 달라고 소송을 걸었고, 게임을 계속하겠다는 사람도 아이템을 불법적으로 강탈당한 건 사실이니 돌려 달라고 소송하기 시작했다.

"그리고 이런 소송은 충격이 어마어마하죠."

왜냐하면 경쟁 콘텐츠인 만큼 서로 죽고 죽이는 구조가 기본이기 때문이다.

애초에 상대방을 죽였을 때 떨어진 아이템을 챙기지 않는다면 문제가 안 된다.

하지만 그걸 챙기지 않는 유저는 없었고, 그로 인해 유저들끼리 서로 소새끼 개새끼 삿대질하면서 변호사들을 사서 소송전에 들어갔으니 게임이 제대로 굴러갈 리가 없었다.

누차 말하지만 저들은 돈이 있는 고래들이다.

그리고 그 상황에서 이제는 망조가 들어 버린, 소송에 휩싸여서 제대로 컨트롤도 못 하고 있는 제국세기라는 게임을 계속하려는 사람은 거의 없다시피 했다.

"뭐, 재산에 대한 문제는 나중에 따져야겠지만요."

중요한 건 재판 이전에 김정인이 재산적 피해를 준 것에 대해 먼저 사과했다는 거다.

그렇게 되면 법원 입장에서도 이걸 재산이 아니라고 할 수 없게 된다.

"제국세기는 극도로 혼란스럽다고 하더라. 다급하게 긴급 패치를 통해 아이템 드롭을 막는다는데? 그런데 그게 제국세기뿐만이 아니래."

서세영도 난리가 난 각 게임사들을 보면서 고개를 흔들었다.

한국 게임의 특성상, 제국세기와 비슷한 운영 방식을 가진 게임사들이 많다.

그렇기에 그들은 어떻게든 아이템 드롭을 막기 위해 서둘렀다. 그래야 절도 문제가 더 이상 터지지 않을 테니까.

"물론 그런다고 해서 이미 저지른 병신 짓까지 사라지지는 않을 테지만."

서세영의 말에 노형진은 피식 웃으며 화제를 돌렸다.

"그나저나 친구는 어때?"

"오빠 덕분에 적지 않게 벌어서, 이참에 작은 가게라도 해 본대. 어차피 제국세기는 망했으니까."

"뭐, 그것도 나쁘지 않지. 그리고 약관도 고칠 테고."

약관을 고치는 건 회사의 선택이다.

문제는 약관을 고친다고 해서 문제가 다 해결되는 것은 아니라는 거다.

회사 입장에서는 PVP를 유지하기 위해서라면 무슨 짓이라도 해야 하니까.

한국의 게임은 좋게 말하면 경쟁 유발, 나쁘게 말하면 돈을 안 쓰면 병신 취급하는 게 워낙 중요한 요소라서 아예 막지는 못할 거다.

사실 이 지랄이 났어도 할 놈들은 다 하니까.

하지만 최소한 전처럼 플레이어를 학살하는 방송을 하거나 하지는 못할 거다. 그런 짓을 했다가는 캐릭터 청부 살인이라고 의심받을 테니까.

"뭐, 게임판이 조금이라도 정상화되면 좋지."

김성식의 말에 노형진은 쓰게 웃었다.

"글쎄요, 그게 가능할까요? 아시잖습니까, 사람은 고쳐 쓰는 게 아니라는 거."

"하긴, 그렇지."

몰락이 가속화되면 99%가 반전을 이뤄 내려고 한다. 하지만 그중에서 98%는 반전을 이뤄 내지 못하고 망한다.

왜냐하면 조직의 기존 권력가가 절대로 자신의 권력을 놓지 않으려고 하니까.

게임도 마찬가지.

경쟁과 절도 유발로 매년 수조 원대의 수익을 내던 기업이 과연 정상적인 플레이가 가능한 게임을 만들어 낼 수 있을까?

"물론 그것도 회사가 살아남아야 생각할 수 있는 문제이지만요."

"하긴, 오빠 말이 맞아."

노형진의 말에 서세영조차도 동의할 수밖에 없었다.

제국세기 본사, 그 앞에 벌 떼같이 몰려든, 검은 양복을 입은 남자들.

그들은 무서운 눈빛으로 건물을 노려보고 있었다.

그리고 그 눈빛 때문에 누구도 출근조차 하지 못했다.

"사장님, 경영 팀 김 부장이 입원했답니다."

"……"

"퇴근길에 누군가에게 납치당해서 무릎이 박살 났답니다. 이제 다시는 걷지 못한다고 합니다."

"……"

"그리고 어제부터 박 부장이랑 서 이사가 연락이……."

"출근은 얼마나 했어?"

"그게…… 거의 대부분의 인원이 출근을 못 하고 있습니다. 그나마 코델09바이러스 때문에 대부분 재택근무라 당장 회사 경영에는 문제가 없습니다만……."

하지만 그것도 하루 이틀이지, 이런 식이면 회사가 망할 수밖에 없다.

입구에 모여든 수백 명의 사람들.

그들은 잠깐은 서로를 견제했지만, 결국 목적이 같다는 사실을 깨닫고 합심하기 시작했다.

제국세기의 사장은 그들이 누군지 알기에 미칠 것 같았다.

퇴근하는 직원을 몰래 따라가서 습격한다.

그 사실이 알려지자 누구도 사무실에 나오려고 하지 않았고, 일부는 아예 출근도 안 하고 이메일로 사직서를 날리고 있는 상황.

"얼마나 갚아 줘야 할까?"

저들은 자기들을 가지고 놀았으니 돈으로 갚으라고 협박 중이다.

물론 법적으로 하면 자신들이 이길 거다.

하지만 문제는, 정작 저들은 법적으로 해결할 생각이 없다는 것이다.

"나는 얼마나 버틸 수 있을까?"

그 말에 부하는 아무런 말도 할 수 없었다.

그는 그 대신 품 안에 숨겨 두었던 작은 종이를 조용히 내밀었다.

"사직서입니다."

그 말에 제국세기의 사장은 눈을 질끈 감았다.

세상을 살다 보면 전통이라는 이름으로 벌어지는 온갖 병신 짓거리가 있기 마련이다.

말이 좋아서 전통이지, 그냥 과거에 하던 미개한 짓거리를 고치지 않으려고 하는 거다. 그게 자기들한테 유리하니까.

예를 들어 군대나 대학에서의 똥군기도, 그걸 행하는 사람들에게는 전통이라고 불린다.

물론 그러한 주장은 헛소리다.

이권이 생기면 몇 달 전에는 존재하지도 않던 전통이 갑자기 생기기도 하니까.

그런데 그런 걸 국가 단위에서 방치하는 경우도 있다.

그리고 그게 때때로 국제적인 분쟁을 일으킨다.

"알라 카추?"

"네. 같이 가 주면 안 돼요? 저 혼자서는 답이 없어 보이는데."

유영민은 솔직하게 말하기로 했다.

"할아버지가 이런 것도 해결해 보라고 하시는데, 사실 어떻게 해결해야 할지 잘 모르겠어요."

"그건 그렇지."

동감한 노형진은 잠시 생각에 잠기더니 유영민에게 질문을 던졌다.

"소위 전통이라는 건가?"

"네."

"그 사람이 꼭 필요한 사람이고?"

"그것도 있고요, 대룡은 '우리 사람은 안 버리는' 포지션이잖아요."

"그건 그렇지."

대룡은 기업이 힘들어서 협의에 의해 감축하면 했지, 회사의 사람이 범죄에 의해 피해를 입었을 때 모른 척하는 곳은 아니었다.

과거에 노형진이 대룡 직원의 자녀가 학교 폭력의 희생자가 되었을 때 보복해 준 게 하나의 규칙으로 굳어진 건데, 사기를 당하거나 범죄의 피해자가 되는 직원들이 생각보다 많아서 그런 경우에도 회사에서 모른 척하지 않고 법무 팀을 동원해서 보호해 주자 의외로 회사에 대한 직원들의 충성심이 깊어졌다.

"그런데 이번에는 피해자가 외국인이니까요."

"다른 곳에 요청은 해 봤어?"

"해 봤죠. 키르기스스탄 주한국대사관에 문의했는데 전통이라 자기들이 해 줄 수 있는 게 없다는 식으로 선을 그었어요. 키르기스스탄에 있는 한국 대사관에서는 내정간섭이라도와줄 수가 없다고 하구요."

"전통 같은 소리 하고 자빠졌네."

알라 카추란 쉽게 말해서 납치혼이다.

그냥 길 가다가 마음에 드는 여자가 있으면 납치해서 혼인신고 하는 거다.

농담이 아니라 실제로 그게 키르기스스탄의 전통문화다.

물론 법적으로는 그러지 못하도록 막아 놨다.

하지만 그게 금지한다고 해서 금지되는 게 아니라는 것이문제다.

당장 인도도 법적으로는 카스트제도가 불법이다.

키르기스스탄도 마찬가지.

법적으로 불법이지만 딸이 납치되었다고 신고하면 경찰은가서 납치범을 잡기는커녕 '따님의 결혼을 축하합니다.'라고말한다.

결과적으로 피해자를 구출하는 건 오롯이 딸을 가진 부모의 책임이 되어 버리는데, 애초에 이 알라 카추라는 게 개인이 마음대로 하는 게 아니라는 게 문제다.

남자가 여자를 납치해 오면 그 여자를 설득하거나 협박해서 강제로 결혼시키는 책임은 그 가족이나 주변 인물이 맡게 된다.

쉽게 말해서 한 지역의 공동체가 납치범의 종범이라는 거다.

이게 얼마나 심하냐면, 매년 혼인 건수의 50%가 이러한 납치혼이라고 키르기스스탄의 정부에서 인정할 정도다.

그런데 범죄율은 낮춰서 말하는 게 일반적이니 실제로는 혼인 건수의 80%가 납치혼이라는 이야기도 있다.

"그런데 그걸 왜 냅 두는지 모르겠어요."

"간단해. 이게 전통이기는 한데 지랄맞은 전통이거든."

"무슨 말이에요?"

"80%가 납치당해서 결혼한다는 말이 있잖아? 그런데 그 중에는 일종의 쇼도 있단 말이지."

"쇼요?"

"그래."

당사자 간에 합의된 상황에서 납치하는 쇼 역시 납치로 분류된다는 거다.

그 말을 들은 유영민은 이해가 되지 않는다는 듯 눈을 찌푸렸다.

"아니, 왜요? 설마 우리 직원이 납치된 것도 쇼라는 건가요?"

"그건 쇼가 아니겠지. 문제는 그걸 구분하기가 쉽지 않다는 거야. 너도 한국에 보쌈 문화가 있었던 건 알지?"

"알죠."

"그게 납치혼이라고 알려져 있지만, 사실 엄밀하게 말하면 납치혼은 아니야."

"네? 그게 납치혼이 아니라고요?"

"그래. 물론 납치는 맞지만, 그게 상호 합의하에 이루어지는 행위였다는 거지."

"아니, 상호 합의하의 납치라는 게 어디 있어요?"

"그 시대에는 그랬어."

조선 시대에 남편이 죽으면 아내는 평생 수절을 강요받았다.

하지만 그건 아주 잔인한 처사였고, 주변에서도 그걸 알고 있었다.

그렇다고 해서 재혼하자니, 재혼하는 순간 유교 문화권에서는 사람 취급도 못 받았다.

문제는 생각보다 남성의 사망률이 높았고, 농업시대다 보니 남성이 사망하면 여성의 생존율 역시 떨어진다는 것이었다.

"그래서 일종의 속임수가 나온 거지. 너, 일본 빠칭코 가 봤지? '나가서 오른쪽으로 가시면 좋은 곳이 있습니다.'"

"아하! 우회한다 이거군요."

"맞아. 보쌈이란 그런 의미지."

남편을 잃어버린 과부가 살기 힘들다 싶으면, 또는 좋아하는 남성이 생기면 소위 보쌈이라는 형태로 납치가 이루어진다.

그리고 그런 보쌈은 주변에서 대충 수사하는 척하면서 덮어 버린다.

공식적으로는 납치지만 비공식적으로는 사람들이 모르는 곳으로 가서 새로운 삶을 시작하라는 일종의 주변의 배려 같은 것이었다.

"실제로 보쌈은 때때로 시부모의 묵인하에 이루어지기도 했어."

"시부모가요?"

"보통은 부모님이 먼저 돌아가시지만 그렇지 않은 경우도 있으니까."

그래서 시부모가 멀쩡한 며느리를 독수공방시키느니 보쌈을 묵인하고 행복을 빌어 주는 경우도 생각보다 많았다.

"하지만 진짜 납치라면 그때는 이야기가 달라지지."

보쌈은 기본적으로 당사자 간의 동의에 의한 쇼인 경우가 대부분이었지만 그게 쇼인 줄도 모르고 무턱대고 납치하는 지능 낮은 놈들도 있었다.

그래서 진짜 납치가 벌어지면 관아에서는 미친 듯이 추적해서 그 납치범의 목을 쳐 버렸다.

"그런데 알라 카추의 경우는 그냥 납치인 거고요?"

"맞아."

"아니, 왜 그걸 대대적으로 안 막아요? 그거 키르기스스탄에서도 불법이라면서요."

유영민이 도저히 이해가 안 된다는 듯 묻자 노형진은 입맛을 다시며 다시 한번 설명해 줬다.

"고쳐야 하는 사람들이 거부하거든. 한국으로 치면 노친네들이 과거의 전통이라고 우기면서 버티고 있는 거지."

"전통? 그딴 게?"

"그게 문제야. 그 사람들은 알라 카추가 불법이라 생각하지 않아. 도리어 알라 카추 없이 연애 결혼하면, 여자가 싼티가 난다고 욕한다더라."

"싼 티?"

"그래. 뭐랄까, 강제로 결혼해야 그 여자가 그만한 값어치가 있다고 인정받는 거라나?"

"뭔 개소리예요, 그게?"

"확실히 개소리는 맞지."

누가 봐도 현대에 와서는 말도 안 되는 헛소리지만 원래 노년층은 과거에 멈춰서 배우려고 하지 않는 경향이 있다.

하물며 한국같이 발전된 사회 시스템을 가진 나라에서도 그러니, 키르기스스탄같이 아직 사회 시스템이 발전하지 않은 나라는 그런 성향이 더더욱 강해진다.

"원래 시대가 바뀌면서 예절이나 전통도 바뀌어야 하는데 그걸 사람이 못 따라가는 거야, 거긴."

"아, 그 우리나라의 '함 사세요' 같은 거요?"

"맞아. 요즘 누가 함을 그렇게 요란스럽게 팔아? 그나저나 그거 용케 안다? 요즘은 하지도 않는 걸."

"저도 그냥 그런 게 있었다는 이야기를 할아버지한테 들었어요."

함이라는 건 결혼할 때 집안끼리 교환하는 일종의 예물이다.

남자 쪽에서 여자 쪽에 함지기를 통해 예물을 보내면, 여자 쪽에서 함지기를 귀하게 여기며 술과 음식을 대접하는 게 전통이었다.

하지만 시간이 흐르자 술과 음식으로 만족 못 하고 돈을 내놓으라고 하거나 여자 쪽 친구들이 함을 지고 온 사람들에게 술까지 따라 주는 식으로 변질되었고, 심지어 그걸 판다고 밤새도록 온 동네에 소리를 지르기까지 했다.

그렇게 변질되니까 요즘은 함을 파는 집이 거의 없다.

설사 함을 주고받는다고 해도 조용히 가지고 가지, 옛날처럼 술 먹여 밥 먹여 돈 먹이지는 않는다.

만일 누가 그런 짓을 한다면 그날로 결혼은 파투 나고 함지기는 사람 취급도 못 받는다.

"전통이라는 건 그래야 정상이지."

시대가 바뀌면 전통도 부분적으로 바뀔 수밖에 없다.

지금도 결혼할 때 드물게나마 함을 주고받기는 하지만 과거처럼 고성방가를 하거나 무리한 요구를 하지는 않는다.

여기서 전통은 함을 주고받는 행동이지 함지기의 갑질이 아니니까.

알라 카추 역시 그런 잘못된 전통이 진짜라고 생각하는 이
들에 의해 여전히 행해지고 있는 것이었다.

"그걸 막아야 하는 경찰도 방치하고."

"끄응, 그러면 못 구하는 거예요?"

"그럴 리가. 일단은 가 봐야지."

노형진은 쓰게 웃으며 말했다.

"일단은 가서, 구할 수 있으면 구해야지."

⚖️

키르기스스탄.

구소련에 속해 있던 나라 중 하나로 중앙아시아에 자리 잡
고 있다.

그리고 구소련에서 나온 수많은 나라 중에서 민주주의를
정착시킨 몇 안 되는 나라이기도 하다.

"보통은 민주주의적인 나라라면 그런 문제는 안 생기지 않
아요?"

키르기스스탄의 공항에 내리면서 묻는 유영민에게 노형진
은 고개를 흔들었다.

"반대인 경우도 많지."

"반대요?"

"그래. 도리어 민주주의적이라서 경찰력에 한계가 명확하

거든. 그래서 제대로 통제를 못 해. 민주주의는 만능이 아니야. 국민의 수준이 높다면 좋은 정책이 되지만 수준이 떨어진다면 도리어 악이 되지."

"악이라고요?"

"그래. 과거 독재 시절에도 투표는 있었어. 막걸리 한 되 고무신 한 켤레에 투표권을 팔아넘겨서 문제지."

키르기스스탄의 경우는 민주주의가 자리를 잡았다지만 사회 시스템이 아직 민주주의를 지탱해 줄 만큼 성장하지 못한 셈이다.

"더군다나 가장 큰 문제는 아직 시스템이 체계화되지 못해서 지방의 권력이 엄청나게 강하다는 거지. 그러면 무슨 문제가 생기겠어?"

"토착화 말씀이군요."

"맞아. 이 토착화는 한국조차도 제대로 해결하지 못하고 있는 문제야."

실제로 한국의 경찰조차도 지방에 가면 부패해서 사건을 덮어 주고 뇌물을 먹는 게 당연하다고 이야기한다. 대놓고 지역 범죄를 덮어 주는 것이다.

당장 신안만 가도 눈앞에서 염전 노예로 의심되는 사람이 있는데 멀뚱하게 구경만 하는 게 현실이다.

"한국처럼 작은 나라도 그 지경인데 키르기스스탄은 더하지."

국토는 한국의 두 배에 가까운 면적을 자랑하는 데 비해 인구수는 700만 명도 채 되지 않다 보니 지방에서 소위 전통이라는 악질 문화가 생겨 버리면 없애는 게 쉽지 않다.

"그리고 나는 이 알라 카추라는 전통은 중간에 비틀어진 전통일 수도 있다는 생각이 들어."

"네? 어째서요? 이거 역사가 엄청 오래된 거 아니에요? 역사 기록에도 있다면서요?"

유영민은 고개를 갸웃했다.

아무리 찾아봐도 알라 카추는 키르기스스탄의 안 좋은 전통이라고만 기록되어 있으니까.

실제로 알라 카추에 관한 기록은 아주 오래전부터 있었다.

"오래된 건 맞아. 하지만 그런 거 있잖아, 군대에서 누군가 똥군기를 없앴는데 그다음에 왕고 된 놈이 지 편하자고 되살리는 경우 말이야."

정작 그 왕고라는 놈은 선임들이 똥군기를 없애서 편하게 군 생활을 했으면서 말이다.

자기가 더더욱 편하자고 그런 짓거리를 하는 사례는 군대에서 흔하다 못해 너무 당연한 일상 중 하나였다.

그렇다 보니 군대에서 똥군기가 사라지지 않는 가장 큰 원인이 되었다.

"그러니까 알라 카추가 누군가 고의로 비틀어서 부활시킨 전통이라는 건가요?"

"뭐, 그럴 가능성도 있다는 거지. 어디까지나 개인적인 생각이지만."

그 말에 유영민은 고개를 갸웃했다. 이해가 가지 않았으니까.

왜 전통이 중간에 사라진단 말인가? 계속 이어지니까 전통이라고 하는 것 아닌가?

하지만 다음 말에, 왜 노형진이 그럴 가능성이 있다고 생각하는지 알 것 같았다.

"결과론적인 이야기일 뿐이야. 일부에서 그걸 전통이라고 주장하니까 그렇게 되는 거지. 애초에 키르기스스탄은 구소련에 속해 있던 나라라고. 그리고 공산권 국가들은 남녀평등이 엄청나게 강해. 거기다 그 서슬 퍼런 구소련 경찰이 이런 집단 납치를 그냥 두고만 보고 있었겠어? 마음에 안 들면 죄다 끌고 가서 재판도 없이 굴라크로 보내던 놈들이?"

"아하! 그렇겠네요."

구소련은 강력한 집권 체제를 가지고 있었으며 동시에 강력한 통제 국가였다.

그런데 아무리 키르기스스탄이 소련에서도 변방에 위치한 나라라지만 전 국민의 결혼 50%가 납치로 이루어지는 걸 과연 소련이 두고만 보았을까?

그런 집단 납치는 국가를 좀먹는 행위고 그걸 구소련이 그냥 두고 볼 리가 없었다.

은밀하게 이루어질 수야 있었겠지만, 지금처럼 대대적으로 납치혼이 이루어지는 걸 방치하지는 않았을 가능성이 높다.

이것이 법이다

"그러면 누군가 이걸 더 악질적인 형태로 비틀어서 정착시킨 거다 이건가요?"

"그럴지도 모른다는 거야. 뭐, 그건 내가 키르기스스탄 전문가가 아니니 알 수 없지만."

애초에 소련 시절의 키르기스스탄 지역에는 접근 자체가 불가능했으니 그에 대한 정보도 없을 거다.

"더군다나 키르기스스탄은 다인종 국가야."

실제로 키르기스스탄은 다인종 국가다. 심지어 한국인 혈통도 있다.

왜냐하면 소련 시절 강제이주가 진행된 지역이기 때문이다.

"그런데 갑자기 납치혼이라는 문화가 생긴다고?"

"아하! 하긴, 납치된 직원분도 한국분이기는 하죠."

피해자의 이름은 안장미. 촌스럽지만 그래도 한국 이름을 가진 한국 혈통이다.

정확하게는 키르기스스탄 출신으로 정식 이름은 디나라 안, 강제이주된 고려인의 후예였다.

현재 키르기스스탄에 진출하기 위해 만들어진 대룡의 지점 소속으로, 출근 중에 납치되어서 끌려간 후에 구출도 되지 않은 상황.

"지역 경찰이 도와주지 않는다면 구출이 힘들지 않을까요?"

"글쎄. 일단은 가 봐야지."

노형진도 이런 경우가 처음이기 때문에 뭐라고 할 수가 없었다.

애초에 대부분의 납치 사건은 경찰이 끼어들어서 도와준다. 치안이 개판이라 해도, 또는 지역 범죄 조직의 행동이라 해도 공권력이 끼어드는 순간 해결이 가능하다.

하지만 이 경우는 그 공권력이 소위 전통이라는 이름으로 납치범을 옹호하는 상황이다.

'물론 아예 경험이 없는 건 아니지만.'

신안에서 경찰이 납치범을 편들어 준 적도 있지만 그때는 노형진이 한국의 변호사였고 감사 시스템을 이용할 수 있었기에 그들을 막을 수 있었다.

하지만 키르기스스탄에서 노형진은 한낱 외지인일 뿐이니 현실적으로 그의 말을 들어주지 않을 가능성이 너무 크다.

"노 변호사님! 여기입니다!"

노형진과 유영민이 비행기에서 내리자 미리 기다리고 있던 대룡의 직원이 두 사람의 이름이 적혀 있는 종이를 흔들며 소리를 질렀다.

"대룡 직원분?"

"안녕하세요."

직원은 잠깐의 인사를 주고받은 후에 두 사람을 재촉했다.

"일단은 시간이 없으니까 바로 가죠. 피곤하시더라도 가능하시죠?"

"네."

이건 시간과의 싸움이다.

알라 카추는 납치한 후에 주변에서 피해자를 향한 설득이
이루어진다.

말이 설득이지, 협박과 폭행이 수반되는 행위다.

그리고 그 협박과 폭행에 굴복해서 결혼을 인정하면 키르
기스스탄 정부에서 그녀를 구해 줄 리가 없다.

"현장으로 갑시다."

노형진은 유영민과 경호 팀을 데리고 바로 사건 현장으로
향했다.

그들이 도착한 장소는 상당히 외진 곳에 있는 허름한 천막
이었다.

'아직 유목민 생활을 하는 사람들인가 보군.'

키르기스스탄의 주요 인종인 키르기스인은 유목민 출신으
로 실제로도 유목 생활을 많이 한다. 그리고 당연하게도 그
런 고된 삶을 좋아하는 사람은 없다.

당연히 여자들도 유목민들과 결혼하고 싶어 하지 않는다.

한국에서도 여자들이 시골로 시집가고 싶어 하지 않는데
그것보다 훨씬 힘든 유목 생활을 하려고 할까?

'그리고 그게 납치혼이 성행하는 이유지.'

실제로 이 납치혼은 유목민들 사이에서 많이 발생하고 있다.

즉, 키르기스스탄의 전통문화라고 주장하는 알라 카추는
키르기스스탄의 전통이 아니라 키르기스인이라는 인종의 전

통일 뿐이라는 거다.

문제는 이걸 정부에서 제대로 통제하려고 하지 않는다는 것.

물론 키르기스스탄 정부도 나름 통제하려고 노력하고는 있다.

그러나 그들은 대외적으로는 시골에서만 일어나는 일로 치부한다.

문제는 키르기스스탄의 국토 80% 이상이 시골이라는 거다.

그 말은, 이 지랄맞은 문제가 국토 대부분의 지역에서 발생하고 있다는 뜻이다.

심지어 시골에서 유목하는 놈들은 주변에 납치할 사람이 없으면 도심으로 올라와서 여성을 납치해서 도주하기까지 한다.

안장미도 그런 방식에 당한 거고 말이다.

그나마 그녀의 위치가 특정된 것은 그녀가 소지한 핸드폰에 위치 추적 기능이 있었기 때문이다.

그마저도 없는 대부분의 키르기스스탄 여성은 가족에게 연락조차 하지 못하고 강제로 결혼하게 된다.

말이 결혼이지, 사실상 성 노예가 되는 셈이다.

"오셨습니까?"

노형진이 다가가자 멀리서 집을 보고 있던 사람들이 다가왔다. 대룡의 키르기스스탄 지부 사람들이었다.

"설득이 됩니까?"

"아니요. 요지부동입니다. 지금 저희들도 접근도 못 하고 있고요."

눈을 찡그리며 말하는 사람들.

"섣불리 접근하자니 저쪽은 무장까지 하고 있어서요."

"무장이라고요?"

유영민은 깜짝 놀랐다.

이런 일로 무장까지 하고 있다는 사실이 충격적이었기 때문이다.

"보니까 유목민이야. 그러면 가축을 보호해야지. 늑대 같은 위험한 동물들이 많으니까."

"그래서 총을 가지고 있다고요?"

"그래. 키르기스스탄에서 가축은 아주 중요한 재산이거든. 어떤 면에서는 여자보다 더."

"네?"

"납치 처벌보다 가축 절도 처벌이 더 강해."

"네?"

그 말에 유영민은 기가 막혔다.

"특별한 일은 없습니까?"

"다행히 없습니다. 폭력적인 설득은 우리가 오자 멈췄고요."

"그랬겠지요."

저쪽도 무장하고 있지만 이쪽에도 무장한 경호원이 있다.

저쪽은 총을 든 민간인이지만 이쪽은 훈련받은 인원에 방탄 장비까지 있는 상황.

총격전이 벌어지면 불리한 건 그쪽이기에 이쪽을 자극하려고 하지는 않는다고 한다.

"하지만 납치된 안장미 씨를 내놓으려고는 하지 않더군요."

"내놓을 수가 없겠죠. 저들은 지금 납치를 한 거니까."

저들은 누가 봐도 납치를 한 것이니 이쪽에서는 안장미를 데리고 오는 순간 경찰에 신고할 거다.

지역 경찰이 아니라 다른 지역의 경찰에 신고하면 저들은 체포당할 수밖에 없다.

저들이 처벌받지 않을 방법은 단 하나. 안장미를 설득해서 정식으로 결혼하는 거다.

그렇게 되면 경찰도 전통이라는 이름으로 그냥 넘어갈 수 있으니까.

"구출 작전 같은 건 안 되나요?"

"그러면 좋지. 하지만 저들은 민간인이야."

범죄 조직이 아니라 민간인이다. 그들과 총격전을 벌이는 것 자체가 심각한 문제다.

지금이야 서로 거리를 두고 경계하는 상황이고 경찰이 그 정도는 묵인해 주겠지만, 자국민이 다친다면 이야기가 달라진다.

"돈을 주고서라도 협상해야 하는 거 아닙니까?"

누군가 걱정스럽게 물었다.

하지만 노형진은 고개를 흔들었다.

"그러면 또다시 문제가 터질 겁니다. 애초에 대부분의 납치는 돈을 목적으로 이루어지니까요."

이게 소문나면 다시 한번 대룡에서 근무하는 여성을 납치하려는 놈들이 생길 거다.

성공하면 장가가는 거고, 실패해도 돈이 생기는 거니 가만둘 리가 없다.

"일단은 힘들겠지만 계속 감시해 주세요. 제가 가서 현지 경찰과 이야기해 보겠습니다."

노형진은 눈을 찡그리며 말했다.

"그건 외국인이 신경 쓸 게 아니라니까. 우리나라 전통문화를 왜 당신들이 신경 씁니까?"

"일단 불법입니다만?"

"그건 우리가 판단한다고요."

노형진은 말이 통하지 않는 현지 경찰을 보며 눈을 찡그렸다.

예상은 했지만 생각보다 아주 강하게 반발하고 있었다.

'어느 정도는 이해가 되는데…….'

한국으로 치면 웬 외국인 놈이 제사 지내는 데 와서 갑자기 미신 숭배라며 제사상을 뒤집어엎는 꼴일 테니까.

물론 법적으로 금지되어 있기는 하지만 까딱 잘못하면 살해당할 수도 있는 사건이니 경찰도 끼어들고 싶지 않을 거다.

"진짜로 이럴 겁니까?"

"아니, 결혼은 축하할 일이지, 그걸 왜 그런 식으로 봅니까? 이상한 사람들이네, 진짜?"

도리어 적반하장으로 나오는 경찰을 보면서 노형진은 혀를 끌끌 찼다.

"알겠습니다. 그런 식으로 행동하신다면야 방법이 없지요."

"왜요? 위에 신고라도 하려고?"

상부에 보고되면 100% 커트된다는 걸 알고 있어서 그런지 느긋하기 그지없는 경찰.

"네. 하지만 당신이 생각하는 것보다는 좀 높은 곳이 될 텐데요."

"뭐라고요?"

"대통령실에다가 신고하면 참 재미있을 것 같아요. 그죠?"

그 말에 경찰의 얼굴은 사색이 되었다.

사실 대통령을 비롯한 수많은 정치권에서는 이 알라 카추를 막기 위해 법을 만들며 많이 노력하고 있다.

실제로 일부 경찰서에서는 알라 카추로 보이는 납치가 벌어지면 쇼일 가능성에 대해서는 신경 쓰지 않고 바로 남자의 집에 쳐들어가서 여자를 구해 온다.

나중에 그게 합의에 의한 일종의 쇼인 것으로 밝혀지면 여자를 보내 주면 되는 거고, 쇼가 아니라면 남자를 감방에 넣으면 되니까.

"당신이 뭐라고!"

아직 대룡은 키르기스스탄에서 널리 알려지기는커녕 자리도 잡지 못한 상황이다. 그렇다 보니 대룡의 이름을 댄다고 해도 알 리가 없다.

'마이스터라고 말해도 알 리가 없지.'

이런 시골에서 경찰 하는 사람이 전 세계 경제 시스템에 대해 잘 이해하고 있을 가능성은 없으니까.

하지만 그렇다고 해서 방법이 없는 건 아니었다.

전 세계 어딜 가든 먹히는 방법이 하나 있었다.

"제가 돈이 엄청 많거든요."

"돈이 많다고?"

"네. 당신들 인생을 조지고도 남을 만큼."

그 말에 똥 씹은 표정이 되는 경찰들.

"제가 당신들 인생을 조지고 한국으로 가면 당신이 날 어쩔 건데요? 찾아와서 쏘시게? 그 전에 감옥에서 나올 수나 있고?"

돈만 준다면 죽는 그 순간까지 감옥에 가둬 버리는 건 어려운 일도 아니다.

애석하게도 어느 나라든 부패한 놈들은 있기 마련이니까.

키르기스스탄의 경우도 민주주의국가지만 동시에 상당한

부패가 이루어진 나라이기도 하다.

그렇지 않다면 이런 식으로 일이 대충 처리되는 건 불가능하다.

"그……."

단순 항의가 아니라 보복을 한다는 말.

그건 경찰에게도 두려운 말이었다.

더군다나 지금 노형진의 뒤에는 자동소총과 방탄복으로 무장한 다섯 명의 경호원이 서 있다.

돈이 많다는 게 절대로 농담이 아닌 셈.

그리고 이걸 해결할 방법은 간단했다.

"미안합니다."

"그러면 구출해 오시든가요."

"바로 하겠습니다."

아까 전과 다르게 바로 굽실거리는 모습에 유영민은 기가 막혔다.

"아니, 개 같은 놈들이! 우리가 그렇게 도와 달라고 할 때는 들은 척도 안 하더니!"

"당연한 거지. 자기들에게 이득이 되는 게 없으니까. 더군다나 아마 지금까지는 좋게 좋게 하려고 했겠지."

대룡에서 파견된 직원들 입장에서는 강하게 나갈 수가 없다.

왜냐하면 키르기스스탄에 진출하기 위해서 온 건데 그런 행동을 했다가 진출이 틀어지면 그에 대한 책임을 져야 하니까.

이것이법이다

"이런 문제를 해결할 때는 아랫사람이 아닌 어느 정도 권한이 있는 사람이 있어야 해."

"그럼 이곳 지부 사람들은 권한이 없다는 건가요?"

"있겠냐? 솔직히 말해서 있을 수가 없지."

미래의 가치가 높은 것도 아니고, 그렇다고 한국의 주요 거래국도 아니며, 엄청난 자원 부국도 아닌 키르기스스탄이다.

물론 해외 진출을 위해 부서를 만들고 영업 중이지만 현실적으로 그런 나라가 한둘이 아니다.

"키르기스스탄에 가서 판로를 뚫으라는 말은 말이야, 기업의 입장과 별개로 직장인 입장에서는 좌천이야."

성공하면 좋고, 실패해도 그만인 곳.

기업에서 적극적으로 공략하겠다는 것도 아니고 일종의 시장조사 차원에서 키르기스스탄에 가서 일하라고 보내졌다면 파워 게임에서 밀린 사람일 수밖에 없다.

"그러니까 권한도 없지."

그런 사람이 경찰에게 강하게 나간다? 그건 불가능하다.

"그건 생각을 못 했어요."

"윗분들의 생각과 아랫사람의 생각은 뻔해. 여기 최고 직위가 누군지 봤지?"

노형진의 물음에 유영민이 잠깐 기억을 더듬더니 한숨을 푹 내쉬었다.

"과장급이었죠. 하아~."

일반적으로 최소한 부장급을 보내는 걸 생각하면 진짜 신경도 안 쓴다는 소리다.

"아마 납치 사건이 벌어지지 않았다면 너희 할아버지도 관심도 없었을걸. 애초에 여기에 지점이 개설되었다는 것 자체도 몰랐을 가능성이 높지."

"끄응."

확실히 그건 그렇다.

처음 보고받았을 때 유민택도 기가 막혀서 '키르기스스탄에도 우리 지점이 있었어?'라고 몇 번이나 되물었을 정도니까.

"애초에 이 문제는 사실 권한을 가진 사람만 배치했다면 쉽게 끝날 일이었어."

노형진의 말에 유영민은 고개를 끄덕거렸다.

그사이 무장을 챙긴 경찰들이 다가왔다. 그리고 노형진, 유영민과 함께 범인이 살고 있는 집으로 향했다.

아니나 다를까, 범인과 그의 가족들은 경찰을 발견하고는 표정이 굳었지만 총질은 하지 않았다.

"이봐, 피해자 풀어 줘."

"경관님, 이건 우리의 전통입니다."

"전통 같은 소리 하고 자빠졌네. 야, 그거 불법이라고. 알면서 왜 그래? 빨리 풀어 줘."

경찰을 따라 들어가자 한구석에 묶여 있는 안장미와 그녀를 설득, 아니 위협하고 있는 그 가족이 보였다.

남자는 불만이 가득한 얼굴로 항의했다.

"왜 우리가 외지인의 이야기를 들어야 합니까?"

"불법이라니까."

"아니, 왜 우리가……."

"저기, 경관님. 지금 뭐 하시는 겁니까?"

보다 못한 노형진이 중간에 끼어들었다.

"왜요?"

"납치범인데 체포 안 하세요? 이 가족들 다 납치범인데?"

"네?"

"납치 현행범입니다. 그런데 왜 체포 안 하시냐고요."

그 말에 경찰은 얼굴이 굳었다.

설마 진짜로 체포하라고 요구할 줄은 몰랐으니까.

"좋게 좋게 합시다. 오해가 있었던 것 같은데……."

"오해는 무슨. 납치가 뭔지 몰라서 그러는 겁니까?"

노형진의 말에 납치범들의 표정은 점점 굳어져 갔다.

그리고 그걸 본 경호원들 역시 슬금슬금 경계 태세를 취하기 시작했다.

"뭐 하자는 겁니까?"

"뭐 하긴요. 당연히 납치범들을 처벌해 달라고 요구하는 겁니다."

"그러면 가족들은 뭐로 먹고살라고요?"

남자 노동자가 한 명 빠지면 나머지는 더더욱 먹고살기 힘들어진다. 유목민같이 힘든 일을 하는 경우에는 더더욱 그렇다.

그런데 납치에 나선 사람이 심지어 세 명이었다. 그리고 세 명이면 이 유목민 집단에서는 힘쓰는 일을 하는 사람을 모두 잡아가는 꼴이었다.

하지만 노형진의 생각은 그것과 달랐다.

"왜 그걸 고민합니까? 죄다 감옥에 갈 텐데."

"뭐라고요?"

"설마 납치한 사람만 처벌하려고요? 그건 안 되죠. 엄밀하게 말하면 저들은 공범입니다."

납치한 사람을 결혼하라고 협박하는 게 그들의 일이었으니까.

실제로 그 때문에 안장미는 완전히 지친 듯한 모습이었다.

"그건……."

설마 전부를 처벌하라고 할 줄은 몰랐기에 경찰은 당혹감을 감추지 못했고, 분위기는 단번에 흉흉해졌다.

만일 여기에 있는 사람들을 다 처벌하면 이들이 키우던 가축들은 죄다 죽거나 누군가 훔쳐 갈 테니까.

설사 잠깐 다른 사람에게 맡겨 둔다고 해도 돌려받을 가능성은 높지 않다.

왜냐하면 이런 납치의 형량은 5년인데, 5년 후면 그들이 키우던 가축들은 다 죽었을 테니까.

그렇다고 가축들을 맡아 키우던 사람들이 동일한 수량으

로 갚을 가능성도 별로 높지 않다.

"이런 씨팔."

눈이 돌아간 놈들은 무기를 꺼내려고 했다.

하지만 그보다 이쪽 경호원이 더 빨랐다.

경호원들은 재빨리 자동소총을 그들에게 겨누었고, 그렇잖아도 흉흉했던 분위기는 한층 더 살벌해졌다.

"저기, 이러지 마시고……."

"결정하세요. 이쪽입니까, 저쪽입니까?"

그 말에 경찰의 눈동자가 흔들렸다.

"중간에서 애매하게 협상하려 들지 말고."

단호한 노형진의 말에 경찰은 침을 꼴깍 삼켰다.

하지만 고민은 짧았다. 떠돌아다니는 유목민을 편들어 봐야 자기들 인생만 망가지는 거니까.

더군다나 노형진 측에는 완전무장 한 경호원들이 있다.

유목민들을 위해 총을 들어도 자신들이 살아남을 가능성은 없다시피 하다.

"꼼짝 마."

결국 총을 들어서 납치범들을 겨누는 경찰들.

"네놈들을 납치범으로 체포한다!"

그 말에 납치범들의 얼굴에 분노가 서렸지만 그들이 할 수 있는 건 없었다.

결국 납치범들은 현장에서 체포되어서 끌려갔다.

그들뿐만 아니라 안장미를 협박하던 가족들까지 모조리 잡혀 들어갔기 때문에 그들이 보살피던 가축들은 친척들이 관리해 주기로 했다.

물론 그 가축들이 5년 후에도 살아 있을지는 모를 일이지만.

"이렇게나 크게 일을 키워야 했나요?"

"그래야지. 보복할 때는 확실하게 하는 게 좋아."

유영민에게 말하면서 노형진은 무서운 눈빛으로 이쪽을 노려보는 남자들을 바라보았다.

가운뎃손가락을 세워 줄까 했지만 여기서도 그게 욕으로 통용되는지 알 수가 없어서 그만두기로 했다.

"그리고 대룡의 안전을 위해서라도 확실하게 해 놔야 하고."

"네? 대룡의 안전을 위해서라니요?"

"키르기스스탄에서 납치 처벌은 고작 5년이야."

짐승을 훔치면 11년인데 납치가 5년이라는 걸 보면 처벌이 얼마나 허술하게 이루어지는지 알 수 있다.

아무리 키르기스스탄이 목축업이 주력이고 가축이 주요 재산이라고 해도, 사람의 납치에 대한 형량이 짐승 절도의 절반도 안 된다는 건 심각한 방치라고 볼 수밖에 없다.

"과연 저놈들이 5년 후에 복수를 안 할까?"

"아하!"

"물론 우리한테는 못 하겠지."

노형진도, 유영민도 신분을 모르는 데다가 설사 안다고 해도 이제 범죄자가 된 이상 출국 자체가 불가능할 테니까.

그러면 남은 건 여기 키르기스스탄에 있는 대룡 지점의 직원들 아니면 경찰이다.

"그리고 이런 경우는 경찰이 우선적으로 표적이 되겠지."

"경찰이요?"

"그래. 지점은 보안이 잘되어 있잖아."

그러니까 고정된 근무지가 있는 경찰을 습격하는 게 훨씬 쉬운 일이라는 거다.

"유목민들은 기질이 강해. 더군다나 5년 후에 사회로 나왔을 때 재기마저도 불가능하다면 뭔 짓을 할지 모르는 일이니까."

물론 경찰은 그것 때문에 살짝 쫄리는 삶을 살아야 할 거다.

하지만 결국 그들이 선택한 일이다. 처음부터 구조에 협조해 줬다면 이런 일은 없었을 거다.

그런데 저들은 결혼을 축하한다는 소리만 하면서 구출 자체를 하지 않으려고 했다.

유영민은 가만히 중얼거렸다.

"보복할 때는 확실하게 해라……."

"사회적으로 잘못된 것이라고 인식되는 일을 당했을 때 보복하지 않는 걸 보통 호구라고 불러. 왜 대룡 주변에 헛짓거리 하는 놈들이 없겠어?"

과거에도 있었다.

설사 고의가 아니라 해도, 대룡과 상관없는 사기를 치면서 자신을 대룡 소속이라고 소개하는 사기꾼도 있었다.

대룡은 한 놈도 남겨 두지 않고 확실하게 보복했다.

"정당한 의견이나 잘못된 것을 지적한 것에 대해 보복해서는 안 되겠지만 이쪽을 이용하려고 한 놈들한테는 확실하게 보복해야지."

"배울 게 많네요."

"기업을 운영할 때는 때로는 피도 눈물도 없어야 하지."

그리고 상대방이 이쪽을 건드렸을 때는 더더욱 그렇다.

"뭐, 이제 한국에 가면 어떻게든 되겠지."

노형진은 머리를 긁적거리면서 말했다.

⚖️

사실 알라 카추 문제는 쉽게 해결할 수 있었다.

아무리 지역 경찰이 감추려 한다 해도 결국은 불법이기에, 적당한 권한을 가진 사람만 있다면 상위 계급을 통해 압력을 행사하면 되니까.

노형진의 노력으로 안장미는 구조되었고, 회사에서는 부장급 이상을 파견하기로 했다.

이것이 법이다

그 또한 결국 좌천되는 타입일 수도 있겠지만 일개 과장과
는 쓸 수 있는 권력이 완전히 다르니까.

모든 것이 마무리되었음을 확인한 노형진은 바로 한국으
로 돌아갈 준비를 하기 시작했다.

하지만 노형진의 귀국은 예상외로 지체될 수밖에 없었다.

"쿰토르 금광요?"

"네, 혹시 도와주실 수 있습니까?"

노형진을 찾아온 키르기스스탄의 경제부 차관 돌렌 키친
은 혹시나 하는 얼굴로 물었다.

"음, 그건……."

"이건 저희 키르기스스탄의 숙원 사업입니다. 억울하게
당한 거고요."

"이해는 합니다만."

노형진은 미다스와 마이스터의 대리인이다. 그러니 어느
나라에 가든 관심을 받을 수밖에 없다.

돌렌 키친도 조금 늦기는 했지만 노형진이 온 걸 알아차리
고 다급하게 찾아온 것이다.

'쿰토르 광산이라…….'

쿰토르 광산은 중앙아시아에서 가장 큰 금광이다. 그리고
현재는 캐나다의 글레임이라는 회사 소속으로 되어 있다.

'이게 내년쯤에 반환되지?'

외부에서는 국유화한 거라면서 욕하기도 하지만 사실 반

환이라고 표현하는 게 맞다.

'아직은 협상 중일 텐데.'

왜냐하면 이 쿰토르 광산은 터무니없는 조건으로 글레임에 넘어간 것이기 때문이다.

정확하게는 글레임이 부패한 전 정권에 막대한 뇌물을 바치고 거의 강탈하는 수준으로 계약해 소유권을 사들인 광산이었다.

키르기스스탄에 아예 권한이 없는 건 아니지만 가격에 비하면 한 줌뿐이었고 말이다.

사실상 명목상의 권한일 뿐이라, 그걸 해결할 수가 없었다.

"혹시나 저희가 그곳을 빼앗으려 한다고 오해하시면 안 됩니다. 저희는 어디까지나 정당하게……."

"알고 있습니다. 사실 잘못한 건 글레임이죠."

"아시는군요?"

"글레임의 얄팍한 선전에 넘어갈 정도로 저희에게 정보력이 없는 건 아닙니다."

부패한 전 정권이 터무니없는 조건으로 넘긴 쿰토르 광산을, 그들을 몰아내고 권력을 잡은 현 정권이 되찾으려고 노력하는 중이었다.

그래서 회귀 전에는 내년에 쿰토르 광산이 반환되는데, 재판을 거친 것은 아니고 적당하게 합의하는 선에서 글레임이 반환하게 된다.

키르기스스탄 입장에서도 그게 최선이었던 게, 재판을 걸면 못해도 8년 이상은 걸릴 텐데 그 시간이면 글레임이 해당 광산의 금을 깡그리 긁어 간 뒤 파산 처리하고도 남을 시간이었기 때문이다.

"저희는 진짜로 억울합니다. 저희는 민주주의국가입니다. 강제적 국유화라니요. 말도 안 됩니다. 저희는 중국이 아닙니다."

"그것도 알고 있습니다."

국유화라고 표현하면 어째 강제성이 있는 것처럼 느껴진다.

실제로 국유화라는 건 국가 소유로 넘어간다는 뜻이지만, 그 방법은 두 가지다.

하나는 국가가 해당 기업을 인수하는 것.

다른 하나는 강제로 빼앗는 것.

문제는 인수하기 위해서는 막대한 돈을 들여야 한다는 건데, 민주주의국가에서는 그걸 선호하지 않는다. 왜냐하면 시장경제를 기본으로 굴러가기 때문이다.

그리고 빼앗는 건 민주주의국가가 아니라 공산국가 또는 독재국가에서 벌어지는 경우가 많다.

과거에 중국에서 노형진이 반출하려고 하던 위생용품들을 국유화한 사례가 그것이다.

그렇다 보니 대부분의 국유화는 구입이 아니라 강제수용이었고, 그래서 흔히들 국유화를 강제로 빼앗는 거라고 생각하는 것이다.

'하지만 이 경우는 다르지.'

키르기스스탄 정부는 제대로 협상해서 권한을 찾아왔으니까.

'하지만 아직은 글레임이 못 주겠다고 버티고 있단 말이지.'

그런데 글레임이 그냥 못 주겠다고 버티고 있는 게 아니다. 키르기스스탄이 금광을 빼앗으려고 한다고, 강제로 자신들의 재산을 약탈한다고 대외적으로 주장하고 있다.

실제로 중국이 그런 식으로 재산을 빼앗았던 전례가 있다 보니 대부분의 자본가들은 뭔가 의심스럽다는 생각을 하면서 키르기스스탄을 지켜보고 있었다.

'뭔가 있군.'

노형진의 기억이 맞다면 단순히 반환하는 정도가 아니었다. 글레임은 키르기스스탄에 기존 수익의 일부를 반환하기까지 했었다.

그러나 단순히 국유화된 거라면 기존 수익의 일부는 반환할 이유가 없다.

'약점이 잡혔다는 건데.'

글레임은 키르기스스탄에 20년간 배당금으로 8,500만 달러를 지급했다. 한화로는 대략 1,200억이다.

더 웃긴 건, 이 1,200억이라는 돈이 매년 지급된 게 아니라 지난 20년간 받은 총액수라는 거다.

그런데 아무리 배당금이라지만 중앙아시아에서 가장 큰 금광에서 20년간 나온 돈의 총액이 고작 1,200억 원 정도일 리가 없다.

그만큼 전 정권이 한 계약이 터무니없는 계약이라는 뜻이다.

"전 대통령은 뭐라고 합니까?"

"모르죠. 도주 중이니까."

"아, 아직 안 잡혔나요?"

"네."

'대충 알겠네.'

현 정권은 키르기스스탄의 혁명 이후에 권력을 잡은 정권이다. 이전 정권의 대통령인 독재자 미카로프는 이미 해외로 도주 중이다.

'잡히고 나서 증거가 나온 거군.'

지금으로서는 법적으로 글레임이 유리하다.

법적으로 계약된 건 사실이고 그 계약서가 존재하니까.

하지만 노형진의 기억이 맞다면 글레임은 내년에 막대한 돈을 일부 돌려주고 금광의 소유권까지 포기한다.

상식적으로 일반적인 경우라면 기업은 그렇게 행동하지 않는다.

재판하면서 시간을 끌며 해당 금광에서 악착같이 한 톨의 금이라도 더 캐내려고 할 거다.

실제로 쿰토르 광산의 소유권 문제는 상당 기간에 걸쳐 싸우고 있던 문제였다.

그런데 갑자기 순식간에 해결된 것이다. 그리고 그 시기는 미카로프 전 대통령이 체포된 직후였다.

'미카로프 전 대통령이 글레임의 약점을 쥐고 있었다는 거로군.'

정확하게는, 미카로프가 캐나다와 글레임이 자신에게 한 로비와 관련된 모든 내용을 가지고 있을 가능성이 크다. 그래야 자신을 지킬 수 있을 테니까.

문제는 아직 미카로프가 어디에 있는지조차 키르기스스탄 정부는 모르고 있다는 것.

노형진은 힌트를 주고자 넌지시 말했다.

"제가 보기에는 미카로프를 체포하는 게 우선일 것 같습니다만. 부당한 계약에 대한 증거를 가진 자가 있다면 그일 가능성이 가장 크지 않겠습니까?"

그러자 돌렌 키친이 어두운 얼굴로 말했다.

"그건 알고 있습니다. 그래서 저희도 추적하고 있습니다만, 정보가 부족해서……."

'그래서 날 찾아온 거군.'

키르기스스탄은 가난한 나라다. 그리고 아직 사회가 발전된 나라가 아니다.

충분한 정보력이 있는 것도 아니고, 그렇다고 스파이 집단이 있는 것도 아니다.

미국에서 정보력을 제공하거나 하는 것도 아닐 테니 결국 핵심 인물인 미카로프를 체포하기 위해서는 국제 수배를 내리고 하염없이 기다리는 수밖에 없다.

"미카로프를 찾아 달라는 거군요."

"맞습니다. 그리고 도와주신다면 저희가 되찾을 쿰토르 광산에 대한 투자 권한을 드리겠습니다."

그 말에 노형진은 살짝 고민했다.

쿰토르 광산을 운영하기 위해서는 막대한 돈이 들어간다. 현실적으로 키르기스스탄에서 모든 돈을 다 감당할 수는 없다.

물론 이미 채광이 이루어지고 있는 광산인 만큼 처음부터 시작해야 하는 건 아니겠지만, 아무리 글레임이 물러난다고 해도 장비들의 소유권도 함께 넘기는 건 아닐 테니까 장비들을 새롭게 구입하거나 글레임에서 인수하는 건 절대로 쉬운 일이 아닐 것이다.

더군다나 쿰토르 광산은 한국처럼 갱으로 이루어진 광산이 아니라 노지 광산, 즉 산을 깎아서 광물을 캐는 광산이다.

일단 시설만 확보하면 돈이 덜 들지만 그 시설을 확보하는 데 들어가는 돈은 결코 적지 않을 터.

"진지하게 생각해 보죠."

노형진은 고개를 끄덕거렸다.

⚖

"미카로프 말입니까?"

"네. 아는 거 있으십니까?"

"현재 러시아에서 교수로 활동하고 있기는 합니다만."

"네? 러시아요?"

노형진은 로버트의 말에 깜짝 놀라서 되물었다.

로버트는 노형진 옆에서 마이스터의 일을 총괄하는 일을 하고 있기 때문에 전 세계에서 생각보다 많은 정보를 얻고 있다.

그리고 그중에는 주요 정치인들의 행적이 포함되어 있었다.

"뜬금없이 왜 러시아에서요?"

"러시아에서는 미카로프를 보호할 수밖에 없죠. 친러 정치인이니까요."

"끄응."

확실히, 문제의 계약을 한 미카로프 대통령은 소련이 망한 후에 처음으로 정권을 잡은 대통령이다.

소련이 망했다고 모든 게 끝난 게 아니었다. 그 영향력은 러시아가 물려받았고, 실제로 소련 붕괴 후 연방에서 새롭게 독립한 대부분의 나라들에는 친러시아 정부가 들어설 수밖에 없었다.

지금이야 시간이 좀 지나서 정권이 바뀌었지만 그때는 무조건 친러시아 성향일 수밖에 없었다.

"키르기스스탄에서는 러시아에 있다는 걸 모르는 겁니까?"

"모를 리가요. 대놓고 대학 강의까지 하는데 모를 리가 없죠."

"그럼 정보가 없는 게 아니라 잡아 올 방법이 없는 건가요?"

"그럴 겁니다. 키르기스스탄 정도의 작은 나라는 체르덴코 (러시아의 현 대통령)가 마음만 막으면 하룻밤 만에 지워 버릴 수 있을 테니까요. 더군다나 키르기스스탄은 구소련 출신임에도 불구하고 민주주의를 표방하는 나라입니다. 체르덴코가 키르기스스탄을 별로 좋아하지 않는 건 딱히 비밀도 아니고요."

"끄응, 러시아라……"

그 말에 노형진의 입에서 긴 한숨이 나왔다.

'하필이면 러시아냐?'

러시아는 비정상적인 나라다.

최소한 지금으로서는 정상적인 국가이지만 조만간 비정상적으로 변한다. 정확하게는, 지금도 비정상인 상황이지만 감춰져 있을 뿐이다.

'하긴, 체르덴코 입장에서는 자기편이 한 명이라도 더 필요하겠지.'

독재자인 체르덴코는 러시아를 오랫동안 이끌어 왔다.

강한 러시아를 주장하며 군사력 강화에 힘쓰고 있고, 실제로 얼마 지나지 않아 그 군사력을 쓴다.

"빼 올 수 있겠어요?"

"불가능할 겁니다. 체르덴코는 자기 사람을 이득도 없이 포기하는 놈이 아니거든요."

"이득도 없이?"

"네. 체르덴코는 이득이 있다면 친구도 죽일 수 있겠지만 동시에 이득도 없이 포기할 놈도 아니라는 게 전문가들의 평가입니다. 미카로프 정도의 인물을 넘겨받으려면 아마 적지 않은 이득을 안겨 줘야 할 겁니다."

"흠."

그 말에 노형진은 턱을 만지작거렸다.

"하긴, 그렇겠네요."

미카로프는 현재 러시아에서 교수로 재직하고 있다.

생각해 보면 이게 얼마나 말도 안 되는 소리인지 알 수 있다.

상식적으로 다른 나라, 그것도 부패로 인해 축출된 정치인을 정치학 교수로 쓴다는 건 말이 안 되니까.

독재라는 것부터가 제대로 된 정치와는 거리가 먼 행위인데, 심지어 부패로 축출된 사람이 아닌가?

말이 정치학 교수지, 사기꾼에게 경제학 강의를 맡기거나 살인범에게 인권 강의를 맡기는 것이나 마찬가지다.

"우리가 요구해도 안 될 겁니다."

다른 곳도 아닌 마이스터에서 요구해도 안 될 거라는 말에 노형진은 고민하다가 입을 열었다.

"우리가 요구해도 안 된다고요?"

"네."

"우리가 러시아를 손절 하는 것까지 각오한다고 해도?"

"물론 그렇게까지 한다면야 넘길 수도 있겠지요."

아무리 미카로프가 자기들에게 중요한 인물이라고 해도

마이스터에서 러시아에 투자한 돈을 생각하면 그걸 포기하면서까지 보호할 정도의 가치는 없을 거다.

'실제로도 그랬으니까.'

실제 역사에서도 미카로프는 키르기스스탄으로 신병이 넘어갔다.

러시아는 자기네 사람을 아무 이유도 없이 선의로 넘길 나라가 아닌 데다 체르덴코는 더더욱 그런 성향이 확고한 만큼 넘길 이유가 없다.

'하지만 넘겨줬지.'

그리고 그가 제시한 비밀에 의해 키르기스스탄은 글레임과의 협상에서 유리한 포지션을 취하고 합의를 이끌어 낼 수 있었다.

'아마도 그 증거는 계약 자체가 거의 무효일 정도의 파괴력을 가지고 있었을 테고 말이지.'

가령 글레임에서 뇌물을 주고 수익의 일부를 미카로프에게 지급한다는 이면 계약을 한 경우 이는 계약의 취소 사유가 아닌 무효 사유가 되는데, 이런 경우 글레임은 그동안 키르기스스탄의 광산에서 벌어 온 모든 돈을 토해 내야 한다.

유리한 계약을 하는 것은 합법이지만 그걸 위해 독재자와 비밀 계약을 하는 건 불법이니, 그 계약은 국제사회에서도 결국 무효로 취급될 테니까.

그리고 그걸 알면서 러시아가 아무 이유나 이득도 없이 미카로프를 풀어 줄 리 없다.

'반대로 말하면 내가 모를 뿐, 키르기스스탄이 조건을 제
시했다는 거지.'

그게 뭔지 추측하는 건 어렵지 않다.

아마도 노형진에게 내민 조건, 즉 쿰토르 광산의 투자 권
한일 거다.

사실 미카로프에게도 가진 돈이 좀 있겠지만 체르덴코 입
장에서는 의미가 없는 돈이다.

그렇다고 체르덴코에게 미카로프가 뭔가를 건넸다고 보기
도 힘들다.

애초에 미카로프는 친러시아 정치인에 독재자였고 자신의
권력 유지를 위해 러시아의 지원을 받았다.

즉, 키르기스스탄의 국가 기밀 대부분이 이미 러시아로 넘
어갔을 가능성이 아주 높다.

'굳이 투자금을 줄 이유가 없지.'

문제는 체르덴코가 절대로 자기 이득 없이는 미카로프를
넘겨줄 사람이 아니라는 거다.

'그렇잖아도 조만간 어떻게 손절 하나 싶었는데 말이지.'

러시아와는 빠른 시일 내에 손절해야 한다.

문제는 지금 손절을 하려면 적당한 핑계가 필요하다는 거다.

크림반도가 있긴 하지만, 너무 오래된 문제라 이제 와서
물고 늘어지는 것도 우습다.

'하지만 키르기스스탄이라면…… 쓸 만하지.'

키르기스스탄은 가난한 나라다.

하지만 자원 부국이며 동시에 민주주의국가다.

아직 부패한 부분이 있지만 개혁의 가능성이 전혀 없는 독재국가와 비교할 필요 자체도 없다.

"그렇다면…… 방법은 하나뿐이군요."

노형진이 중얼거리는 것을 들은 로버트는 고개를 끄덕였다.

"역시 키르기스스탄에 말해서 이번 건은 포기를……."

"러시아와 손절 하죠."

"네?"

로버트는 자신의 귀를 의심했다.

그는 한참 노형진을 바라보았다. 그러나 노형진이 아무런 말을 하지 않자 혹시나 하는 마음에 조심스레 되물었다.

"키르기스스탄과 손절 한다고 말씀하신 거죠?"

"아닙니다. 러시아와 손절 칩니다. 정확하게는 체르덴코를 손절 칩니다."

"노 변호사님?"

로버트는 눈을 찡그렸다.

그러다가 문득 결심한 듯 말을 꺼냈다.

"제가 노 변호사님의 의견은 대부분 들어드립니다만 러시아는 큰 시장입니다. 애초에 우리가 가진 거기 가스 지분만 해도……."

"압니다. 그래도 손절 합니다."

"고작 작은 나라 하나를 위해서 말입니까?"

"아닙니다."

"그러면 설마 정의를 위해서라고 말씀하시려는 겁니까?"

"아닙니다만 뭐, 그런 핑계는 괜찮은 것 같네요. 장기적으로 보면 우리 마이스터의 이미지를 개선하는 효과가 있겠어요."

"이미 마이스터의 이미지는 좋습니다."

빈민들을 지원하고, 코델09바이러스에 고통받는 사람들에게 아무리 추후 반환 조건이라지만 식량을 지원하고, 사람에게 투자하는 새로운 방식으로 재능 있는 천재들을 발굴하고 있다.

투자회사 중에서 마이스터처럼 공존을 위해 노력하는 회사는 없다.

"뭐, 외부적으로 그렇습니다. 장기적으로 보면 더더욱 그렇고요."

"네?"

"지금부터 러시아의 모든 자산을 천천히 매각할 준비를 하세요."

갈수록 막 나가는 노형진의 발언에 로버트는 믿기지 않는 표정으로 빤히 쳐다보았다.

"진심이십니까?"

"해당 자산은 에너지에 투자하세요. 우리가 가진 석유와 가스 광구에서 추가 증산도 준비하고요."

"거기는 왜요?"

"나중에 아시게 될 겁니다. 지금은 말씀드릴 수가 없네요."

"음……."

그 말에 로버트는 더 이상 말하지 않았다. 종종 이런 경우
가 있었으니까.

누구에게도 말하지 못하는 일이지만 보통 이런 경우 노형
진은 나름의 정보를 가지고 일을 하기 때문에 모른 척하는
게 답이라는 걸 알고 있었다.

어차피 캐물어도 알려 주지 않기도 하고.

게다가 로버트도 전문가이니 노형진이 말하는 내용을 들
어 보면 뭘 대비하는 건지는 예상할 수 있다.

당장 코델09바이러스만 해도 다들 돈지랄이라고 했지만
노형진 덕분에 확실히 피해가 줄었고 빠르게 백신이 나왔으
니까.

단시간 내에 수백만 명이 죽은 질병.

백신이 빨리 나오지 않았다면 수억 단위의 사망자가 나오
고 흑사병처럼 인류의 절반이 줄었을지도 모른다.

"그리고 우리가 주문하는 무기 양이 제법 많죠?"

"네."

노형진은 난민을 외부로 빼서 혼란을 야기하느니 자립 정
착촌을 만들고 스스로를 지킬 수 있게 만드는 것을 선호한다.

그렇다 보니 그곳을 약탈하고 싶어 하는 놈들은 많았지만

그런 정착촌들은 자기방어 능력이 뛰어났기 때문에 혼란스러운 곳에 위치한 반군들은 구경만 해야 했다.

탱크나 헬기 좀 띄우고 쳐들어가 봤자, 대전차미사일에 지대공미사일에 고정식의 중기관총으로 무장하고 콘크리트 벙커로 보호받는 마을을 점령해서 얻는 이익보다 자기네 파벌의 목숨이 날아가며 입는 피해가 훨씬 크기 때문이다.

실제로 그런 곳을 빼앗으려고 했던 일부 세력들은 약탈은 커녕 접근도 하기 전에 병력의 대다수를 잃었고, 그 후에 다른 파벌에 학살당했었다.

상황이 이렇다 보니 이쯤 되면 역으로 마을 자체가 군벌화할 가능성도 생긴다.

하지만 실제로 그런 마을들은 군벌이 되지 못한다. 마을에서 사용하는 모든 무기들이 고정형이기 때문이다.

떼어서 팔고 싶어도 떼어 내는 순간 터지게 만들어서, 떼어 내는 것조차도 불가능한 무기들.

그리고 그 무기들을 공급하는 건 다름 아닌 한국이었다.

가성비가 워낙 좋은 것이 그 이유였다.

"한국 정부에 추가로 무기를 주문하세요."

"추가 무기요?"

"일단 대전차미사일 천궁 1만 개부터 시작하죠."

"천궁 1만 개 말입니까?"

"네, K2 흑표도 최소 200대는 주문하시고요."

그 말에 로버트의 얼굴이 점점 굳어지기 시작했다.

"그 뭐냐, 인도네시아에서 발주하고 파투 낸 잠수함 있죠?"

"네. 인도네시아에서 1,400톤급 3척을 주문하고 돈도 안 내고 배 째고 있죠."

"그거 우리가 승계한다고 하세요."

"진심이십니까? 잠수함은 값어치가……."

탱크만 해도 미친 가격이다.

흑표의 가격이 850만 달러다. 가성비가 좋기는 하지만 사실 현대전에서의 전차 가격을 생각하면 너무 비싸다.

특히나 공격용이 아니라 방어용으로 쓰는 정착촌에서는 탱크를 쓸 일이 없다. 탱크는 무조건 공격용이니까.

잠수함도 마찬가지.

방어용으로는 너무 오버스펙이다.

진짜 필요하다면 2.5세대 전차만 해도 넘쳐 난다. 당장 3.5세대 전차인 프랑스 르클레르 전차만 해도 400만 달러면 된다.

물론 해당 전차는 최초 3.5세대 전차라 성능이 부족한 건 사실이지만 말이다.

"그리고 한국 방산 기업들의 주식은 싹 다 긁어모으세요."

일련의 지시를 듣던 로버트의 얼굴이 창백해졌다.

이 모든 걸 취합하면 단 하나의 결론만이 나오기 때문이다.

"전쟁입니까? 설마 러시아와 전쟁을 하시려는 겁니까?"

"그럴 생각은 없습니다."

노형진이 미쳤다고 러시아와 전쟁을 하겠는가?

하지만 러시아와 전쟁하기 싫다고 해도 그쪽에서 하겠다고 하면 이야기가 달라진다.

"우리가 러시아로 안 가도, 러시아가 우리에게 올 수도 있죠."

"설마……."

3차대전이라는 말이 목구멍까지 올라왔지만 로버트는 그 말을 꿀꺽 삼켰다.

그걸 입 밖으로 내면 진짜로 벌어질 것 같았기 때문이다.

"자금은 충분합니까?"

"일단 러시아에서 투자한 금액을 모두 회수한다면 충분…… 아니, 훨씬 남을 겁니다."

당장 러시아는 정상적인 국가처럼 보이고 투자된 금액은 수십조 단위니까.

"차라리 러시아 무기가 가성비가……. 아닙니다. 그건 멍청한 짓 같네요."

노형진의 말은 단 하나의 답만을 이야기하고 있다.

러시아가 공격자라는 것.

그런데 러시아 무기를 산다?

당연히 러시아는 자기네 무기의 약점을 다 안다.

더군다나 러시아는 전통적으로 무기를 무조건 다운그레이드 버전으로만 판다.

구소련 시절부터 그래 왔고 지금도 마찬가지다.

성능이 떨어지는 다운그레이드 버전이 원버전을 이길 수 있다고 보기는 힘들다.

"전면전을 상정하고 우리가 확보할 수 있는 모든 걸 확보하세요. 무기, 식량 그리고 에너지까지."

"맙소사."

노형진의 말에 로버트는 질문하고자 하는 작은 의사조차도 버렸다.

노형진의 예상을 들으면 진짜로 돌이킬 수 없는 저주가 자신을 둘러쌀 것 같았기 때문이다.

그는 그저 고개를 끄덕거릴 뿐이었다.

⚖

로버트가 전 세계에 연락해서 러시아의 지분을 매각할 준비를 하는 그 시각.

체르덴코는 자신에게 들어온 보고서를 보면서 눈을 찡그렸다.

"미카로프의 신병을 넘겨 달라고?"

"네."

"키르기스스탄 그 촌놈들이야 그렇다고 쳐도 마이스터는 또 뭐야?"

체르덴코는 마이스터의 요구가 도무지 이해가 되지 않았다.

"아마도 키르기스스탄 놈들이 우리한테 말해도 해결이 안 되니까 그쪽에 부탁한 모양입니다."

"지랄을 하는군. 내 요구는 명확할 텐데?"

사실 노형진의 예상대로 체르덴코에게 있어서 미카로프는 이제는 필요 없는 인간일 뿐이다.

정확하게 표현하면, 이제는 없어져야 하는 놈이 맞다.

미카로프는 적지 않은 비자금을 가지고 러시아로 망명했다. 그러니 그놈이 없어지면 그 돈은 체르덴코의 돈이 된다.

다만 체르덴코 입장에서는 그놈을 그냥 넘겨주자니 주변의 시선이 좋지 않아서 그러지 못할 뿐이다.

한때 자신을 열심히 물고 빨던 놈인데 이제 와서 쉽게 넘겨주면 다들 자신에게 충성하는 것에 대해 다시 생각하게 될 테니까.

물론 그건 그다지 두렵지 않다.

어차피 힘과 권력이면 뭐든 할 수 있으니까. 누구 하나 죽여도 대체할 놈은 넘쳐 나니까.

다만 공짜로 넘겨줄 수는 없기에 키르기스스탄에 자신을 만족시킬 만한 조건을 제시하라고 넌지시 이야기했는데, 어째서인지 그들은 아직 아무것도 제시하지 않고 있었다.

"아마도 키르기스스탄에서는 마이스터를 통해 미카로프를 넘겨받고 쿰토르 광산의 투자를 허락하는 방향으로 이야기한 모양입니다."

"미친 새끼들. 그런다고 내가 순순히 넘겨줄 것 같아?"

쿰토르 광산은 명확하게 되찾을 수 있는 광산이다. 그리고 체르덴코는 그 광산의 지분을 요구하는 중이다.

그것도 러시아가 아니라 자신에게 넘겨줄 것을 요구하고 있다.

그런데 그런 상황에서 마이스터를 통해 압박해 오다니.

"어떻게 생각하나? 우리 대러시아가 고작 서방의 작은 회사에 굴복해야 한다고 생각하나?"

"아닙니다. 애초에 마이스터는 우리 대러시아에 아무런 소리도 못 합니다. 서방의 기업이 원하는 건 오로지 돈뿐이니까요. 우리한테 적지 않은 돈을 투자하기는 했지만 손실을 감수하면서까지 그 돈을 빼지는 못할 겁니다. 그러니까 우리가 살짝 압력을 행사하면 바로 꼬리를 말 겁니다."

"그렇단 말이지."

그 말을 들은 체르덴코의 얼굴에 비열한 미소가 떠올랐다.

"제법 먹음직하겠어."

누군가 그랬다, 독재자의 꿈은 재벌이라고.

모든 독재자들은 자기 배를 채우기 위해 독재한다.

그리고 체르덴코에게 있어서 마이스터와 미다스는 영 마음에 안 드는 곳이었다.

그들이 러시아에 막대한 투자를 해 주고 있긴 하지만 다른 기업들과 다르게 자신의 주머니를 채워 주기 위해 알아서 바치는 게 없기 때문이다.

　물론 해외 기업들 중에 그런 곳들이 있다는 건 알고 있다.

　하지만 적당히 눈치를 주면 대부분 알아서 돈을 가져다 바치는데, 마이스터는 그런 눈치를 줘도 몇 년째 꿋꿋하게 버티고 있었다.

　"이참에 혼을 좀 내 줘야겠네."

　"어떻게 하시겠습니까?"

　"마이스터가 투자한 회사들에 살짝 압력을 넣어 봐."

　그러면 '아, 뜨거!' 하면서 펄쩍 뛸 거다. 그리고 다른 놈들처럼 돈을 바리바리 싸 들고 올 거다.

　'그리고 키르기스스탄 그놈들도 혼 좀 내야겠어.'

　마음 같아서는 국경 근처로 탱크 부대라도 보내고 싶지만 애석하게도 키르기스스탄과는 직접 맞대고 있는 국경이 없었다.

　'마음에 안 들어.'

　다른 곳도 아니고 자랑스러운 소비에트연방 출신의 나라가 민주주의라니. 그게 말이나 된단 말인가.

　'언젠가는 그놈들도 자랑스러운 러시아의 일원으로 만들어야지.'

　물론 그게 언제가 될지는 모르겠지만, 지금 중요한 건 자신의 주머니를 채우는 거다.

　체르덴코의 말에 부하가 고개를 숙였다.

　"알겠습니다, 각하."

체르덴코는 당연하게도 마이스터가 굴복할 거라 생각했다.

하지만 그건 어디까지나 그 혼자만의 생각일 뿐이었다.

⚖️

"러시아에서 압력을 행사한답니다."

"역시나 그렇군요. 애초에 줄 리가 없죠."

노형진은 고개를 끄덕거렸다. 예상했던 일이다.

사실 체르덴코는 이미 마이스터에 뇌물을 수차례 요구해 왔다. 비선으로, 때로는 공식적인 라인을 통해서 돈을 요구 하기도 했다.

설사 공식적인 라인을 통해 요구해도 이쪽에서 저항하거 나 터트리지 못할 거라는 걸 알고 있기 때문이다.

"우리가 투자한 쪽은 다 들어오죠?"

"네."

"그러면 일단 하나씩 처분합시다. 사치품부터 처분하도록 하죠."

"사치품 말입니까?"

"네. 모든 걸 한꺼번에 털 수는 없으니까요."

그러면 마이스터가 러시아에서 이탈하려고 한다는 소문이 날 거다.

물론 언젠가는 소문이 나겠지만, 아직은 그럴 시점이 아니다.

"사치품을 처분하면 체르덴코와 관련된 다른 놈들이 발끈
할 겁니다."

러시아는 전 세계에서 가장 큰 사치품 소비 국가 중 한 곳
이다.

그들이 잘살아서?

아니다. 대부분의 러시아 국민은 가난하고 먹고살기 힘들다.

하지만 체르덴코의 사람이라면 상황이 다르다.

"하지만 그걸로 체르덴코에게 불만을 가지는 사람은 없을
텐데요."

"애초에 불만을 품게 하려고 터는 게 아닙니다."

사치품을 털고 나온다는 게 진짜로 깡그리 철수하는 것을
뜻하진 않는다.

그저 러시아에 사치품 유통 라인을 팔아넘기고 싶은 거다.

파는 사람이 달라질 뿐 파는 행위 자체가 막히는 건 아니
기에 러시아 부자들이 불만을 가질 이유는 없다.

"중요한 건 우리가 조금씩 손을 털고 나와야 한다는 거죠."

"음…… 알겠습니다."

"그리고 정식으로 다시 한번 말해요, 미카로프를 우리 쪽
에 넘겨 달라고."

"하지만 다음번에는……."

"알고 있습니다."

체르덴코가 다음번에 어떻게 나올지는 안다.

하지만 그걸 감안하고 하는 거다.

결국 이탈할 기회를 주는 것은 다름 아닌 이쪽이다. 그러나 그걸 거절하는 사람들을 굳이 도와줄 생각은 없다.

애석하게도 자본주의라는 건 제로에서 뭔가를 창조하는 게 아니다. 기존에 있던 걸 순환시키는 것뿐이다.

노형진이 돈을 벌기 위해서는 누군가가 돈을 잃어야 한다.

"설마 제게 홍차라도 보내겠습니까?"

노형진의 말에 로버트는 쓴웃음을 지을 수밖에 없었다.

⚖

"뭐? 투자를 철회하고 있어?"

"네. 현재로서는 조용하게 사치품 위주로 기업들의 지분을 처분하고 있다고 합니다."

"이거 나랑 싸우자는 거지?"

체르덴코는 분노가 치밀어 올랐다.

자신이 누군가? 러시아의 왕이자 지배자이다.

자신이 원하면 누구든 죽일 수 있었고, 누구든 지옥으로 처박아 왔다.

그런데 자신에게 충성을 바쳐도 살려 줄까 말까인 마이스터가 러시아에서 손을 털겠다는 식으로 나오자 기가 막혔다.

"그 사치품 시장이 큰가?"

"크지는 않습니다."

"그러니까, 여차하면 러시아에서 손 털겠다 이거지?"

체르덴코는 미소를 지었다.

그리고 그 미소를 보면서 부하는 소름이 돋았다.

체르덴코는 거의 웃지 않는 사람이다. 그리고 저런 비틀린 미소는 보통 뭔가 마음에 안 들 때 짓는 것이었다.

"그러면 선을 그어."

"선을 그으라고 하시면?"

"그 미다스라는 놈이 얼마나 과감한지는 모르겠지만 어설 프게 이쪽을 찌른다고 해서 숙이고 들어갈 수는 없으니 본격 적으로 압박을 시작해. 세무조사를 하든 뭘 하든."

"진짜로 뺄지도 모릅니다."

"하? 다른 놈도 아니고 마이스터에서? 그럴 리가."

그 말에 부하는 순간 하고 싶은 말이 입 밖으로 튀어나올 뻔했다.

'그 새끼들은 중국에서도 투자를 뺀 놈들입니다.'

실제로 코넬09바이러스 직전에 마이스터는 중국에서 투자 를 대단위로 뺐는데, 그 후에 코넬09바이러스가 터지면서 중 국의 주가는 바닥으로 처박혔고 이후로 다시 살아나지 못하 고 있었다.

그리고 현실을 보자면 돈이 되는 건 중국이지 러시아가 아 니다.

그런데 중국에서도 뺐던 놈들이 과연 러시아에서 빼지 못할까?

'할 수 없지.'

하지만 부하는 그 말을 할 수가 없었다. 그랬다가는 내일부터 이 자리에 서는 것은 다른 사람일 테니까.

"알겠습니다."

"아예 대대적으로 공격해. 그러면 투자금이 미친 듯이 빠져나가겠지, 후후후. 그때는 쫄아서 와서 살려 달라고 빌 거야."

체르덴코는 그렇게 믿었다.

그리고 그건 사실이었다. 단 한 가지만 빼고 말이다.

러시아, 마이스터에 대한 대대적인 공격

마이스터 관련 기업들, 러시아에서 무차별적인 조사 중

마이스터 러시아 지부장, 러시아 경찰에게 긴급구속

소식은 정신없이 몰려왔다.

그리고 러시아는 자신들이 마이스터를 공격한다는 것 자체를 감추려고 하지 않았다. 오히려 그걸 대대적으로 공표하기를 원했다.

물론 언론을 통해 마이스터에 압박을 가한다는 이야기는

하지 않았다.

하지만 조금이라도 경제에 관심이 있는 사람이라면 모를 수가 없을 정도로 공격은 가열했고, 마이스터 러시아 지부에서 일하던 사람들은 무차별적으로 체포당하기 시작했다.

"지부장뿐만이 아닙니다. 러시아 지부에 있던 사람들이 대부분 체포당했습니다."

로버트는 왠지 얼굴이 굳어 있었다.

그리고 노형진 역시 그 말에 평소보다 생각이 많아 보였다.

"왜 그러십니까? 예상하신 거 아닌가요?"

"예상은 했습니다만, 그래서 문제입니다. 이게 정상적인 상황 판단은 아니니까요."

상식적으로 어떤 나라도 마이스터를 무시하지는 못한다.

현재 마이스터가 러시아에 투자한 투자금이 무려 250억 달러다. 그 정도 돈이 한꺼번에 빠져나간다면 절대로 충격이 작지 않다.

정상적인 판단력을 가진 사람이라면 이런 선택을 해서는 안 된다.

"정상적인 판단을 하지 못한다는 게……."

"쉿, 더 이상 말하지 않아도 됩니다."

판단력이 떨어진 독재자들의 행동은 너무나 비슷하기에 로버트는 다시 한번 3차대전의 공포에 자신도 모르게 부르르 떨었다.

이것이 법이다

"그래서, 근무자들은 뭐라고 합니까?"

"일단 대부분 단순히 체포당했다가 금방 풀려났습니다. 처벌하려는 게 아니라 우리를 겁주기 위함이니까요."

다만 마이스터 러시아 지부장만은 터무니없는 이유로 풀려나지 못하고 있다고 한다.

"지금 투자자들이 죄다 몰려와서 난리가 났습니다. 이게 뭐 하는 짓이냐면서요."

"흠, 그 투자자들 대부분이 중국계나 러시아계 아닙니까?"

"그건 그렇습니다만."

다른 지역, 가령 미국이나 유럽의 투자자들은 그다지 불만이 없다.

왜냐하면 마이스터는 지금까지 성공적으로 투자를 이어왔고, 실제로 코델09바이러스로 인해 중국이 박살 나기 직전에 발을 뺀 덕분에 돈을 지키는 것을 넘어서서 막대한 이익을 내기도 했기 때문이다.

"중국이나 러시아계 투자자들은 이 상황이 불만스럽겠지요."

사실 그럴 수밖에 없다.

그들이 돈을 싫어해서?

아니다. 그들에게 이건 단순한 돈의 문제가 아닌 생존의 문제이기 때문이다.

중국의 돈으로 미국에 투자하는 것? 문제가 안 된다.

미국이나 다른 나라에서 돈을 벌어서 중국으로 가지고 가는 것? 그러면 중국에서 영웅 취급받는다.

하지만 그 사이에 마이스터라는 존재가 끼면 달라진다.

왜냐하면 마이스터는 중국에는 원수나 마찬가지니까.

그나마 중국이 대놓고 싸우지 않을 뿐이다.

하지만 러시아는 노골적으로 싸우자고 덤비는 상황.

"홍차 받을까 두려운 모양이네요."

"노 변호사님, 웃을 상황이 아닙니다."

"로버트 씨도 예상하시지 않았습니까?"

"하지만 이 정도로 극렬하게 반응한다는 게…….."

"그래서 제가 빼려고 하는 겁니다."

"네?"

"재벌가들입니다. 그들이 누군가가 두려워서 돈을 빼지 못하는 게 정상이라고 생각하십니까?"

그 말에 로버트는 말을 못 했다.

그는 전 세계의 금융권을 상대로 일하는 사람이기에 부자라는 사람들이 얼마나 자기 권위에 집착적이고 극단적인지 알고 있다.

그런 사람들이 투자회사에 이 정도로 반응하는 경우는 드물다.

특히 그간 엄청난 돈을 벌어 주던 곳에 말이다.

"이것도 비정상적인 반응이라는 거군요."

"맞습니다. 그리고 우리가 러시아에서 빠지면 누군가는

그 자리를 메꿔야 합니다."

그리고 러시아와 중국의 친밀도를 놓고 본다면 그 자본은 중국인과 러시아인의 자본일 가능성이 높다.

중국인 부자들이야 러시아와 아주 친밀하고 중국 정부는 친러시아 성향이 강한 데다가, 러시아인 부자들은 밉보여서 우연히 사고사당하고 싶지는 않을 테니까.

"결국 빠져나갈 돈이라 이거군요."

"맞습니다."

빠르게 나간다고 해서 문제 될 건 없다.

이미 그 이상의 돈을 쥐고 있고, 그걸 돌려줄 능력이 되니까.

"중요한 건 우리가 공격당하고 있다는 거죠. 그리고 이 정도로 외부에 일이 터지면 어떤 소리든 나올 수밖에……."

그때 전화기가 울렸다.

한창 말하던 노형진은 그걸 확인하고는 잠깐 손을 들어서 대화를 멈춘 뒤 전화를 받았다.

"반갑습니다, 차관님."

ㅡ노 대리인님, 지금 난리가 난 것 같은데 혹시 우리 나라 때문에 그러신 겁니까?

키르기스스탄의 경제부 차관의 목소리가 떨리고 있었다.

하긴, 한 나라의 경제부 차관쯤 되는 사람이 이 난리가 난 걸 모를 리가 없다.

"뭐, 아니라고 하면 거짓말이겠지요."

–네? 하지만 저희는 그렇게까지…….

물론 키르기스스탄 입장에서는 쿰토르 광산과 관련해서 전 대통령을 꼭 데려가야 한다.

하지만 그걸 위해 노형진이 러시아와 전면전을 치를 거라고는 생각지 못했다.

"걱정하지 마세요. 꼭 키르기스스탄 때문만은 아니니까."

–네?

"아예 관련이 없다면 거짓말이겠지만 이유가 그것뿐이라면 그것도 거짓말이겠지요."

노형진 입장에서는 러시아와 거리를 둘 기회를 노리고 있었던 차에 적당한 기회가 생겼을 뿐이다.

"그러니까 걱정하지 않으셔도 됩니다."

–하지만 상대방은 러시아입니다.

"네, 러시아죠."

그리고 러시아에 대해 아마 가장 잘 아는 사람은 노형진일 것이다. 심지어 러시아의 체르덴코조차도 진정한 러시아의 상황은 모르니까.

"저는 그에 대한 준비를 할 뿐입니다."

그 말에 차관은 아무런 말도 할 수가 없었다.

–잘못된 선택이 아니길 빕니다.

"아마 가장 잘된 선택일 겁니다, 후후후."

손절은 타이밍이지

러시아는 본격적으로 압박을 시작했다.

그리고 그런 러시아의 행동에 노형진은 단호하게 대처했다.

결국 이 문제는 전 세계 경제 신문에 실릴 수밖에 없었다.

그리고 거기서 밝혀진 이유에 경제부 기자들은 의문점을 감출 수가 없었다.

"그러니까 러시아랑 싸우는 이유가 키르기스스탄의 전 대통령인 미카로프 때문이라고?"

"마이스터 쪽 내부 정보는 그런데요."

"너 미쳤냐?"

내부에서 어떻게 해서든 정보를 가지고 온 부하 기자의 말에 편집장은 기가 막혀서 도리어 따졌다.

"미카로프 전 대통령이 마이스터랑 원수라도 된대? 애초에 그 인간이 대통령이 되기 전에 마이스터가 그쪽에 투자라도 했냐?"

"아닐걸요. 그때 마이스터가 있었나요? 있어 봤자 막 신흥이었을 텐데 키르기스스탄에 왜 투자를 해요?"

"그러니까 내 말이 그거다! 마이스터가 미쳤다고 부패한 전 대통령을 위해 러시아 시장을 내다 버리냐고!"

아무리 러시아가 가난한 나라고 그 크기에 비해 경제력이 부족하다고 해도 절대로 무시할 정도로 약하고 작은 나라는 아니다.

그런데 그런 러시아를 버리는 이유가 고작 작은 나라의 부패한 전 대통령 때문이라니.

"아니, 저도 미치겠다니까요? 하지만 이게 사실이래요."

"헛소리 아니야?"

"공식 발표 직전이래요."

"그 새끼 마약 한 거 아냐?"

"마이스터에서요? 마약을요?"

"끄응, 그럴 리가 없지."

마이스터에서는 마약을 하는 사람은 과거의 실적이 어떻든 간에 무조건 해직 대상이다.

돈을 많이 벌고 성공한 애널리스트는 마약을 하기가 쉬워지는데, 마약에 취하면 정상적인 판단을 하기가 어려워져서 투자도 하지 못하기 때문이다.

　그리고 마이스터는 거의 매달 마약 검사를 의무화하고 있다.

　즉, 마이스터의 직원이 마약을 한다는 건 불가능하다.

　"그러면 진짜라는 건데."

　"마이스터는 원래부터 기행으로 유명하잖아요."

　"기행? 물론 기행으로 유명하지. 공존을 위한 투자로도 유명하고. 하지만 그래도 그렇지, 이건……."

　"때때로는 전략상의 이유로 아예 시장을 포기하는 경우도 있기는 하잖아요."

　"그것도 작은 동네 이야기지. 지금 이건 다른 곳도 아닌 러시아라고."

　가난하지만 가능성이 있는 나라다. 그런데 그런 곳을 포기한다니.

　"하지만 사실인데요. 진짜래요."

　"끄응, 헛소리 같은데."

　하지만 헛소리라고 치부하기에는 너무 혼란스러운 상황이었다.

　러시아에서 대놓고 공격하는데, 그 원인도 이유도 없다.

　심지어 막대한 자금 이탈에도 불구하고 마이스터는 투자 철회까지 생각하고 있다고 말하는 상황.

　"그거 확실한 거야?"

　"네. 아마도요."

"네와 아마도는 상반된 말인 거 알지?"

"……."

"미치겠네."

편집장은 고민했다.

때때로 이런 일이 있다. 터무니없는 것 같은데 모든 정황이 가리키는 게 진실일 경우 말이다.

먼저 터트리자니 이게 사실이면 초대박이지만, 그렇지 않으면 온갖 욕을 다 먹을 거다.

문제는, 다른 곳이라면 완전히 헛소리 취급하고 치우겠지만 이번 사태를 일으킨 곳이 바로 마이스터라는 점이다.

그동안 마이스터와 미다스는 종종 기행을 저질렀고, 그런 기행은 대부분 그들에게 막대한 이득으로 돌아갔다.

오죽하면 미다스가 예언가가 아니냐는 소문이 돌 정도였다.

"저지르자."

"네?"

"네가 말한 게 헛소리 같기는 하지만, 일단 저지르자고."

이성과 감성 사이에서 결국 편집장은 감성을 선택했다.

"네 말대로 미다스 마음속을 누가 알겠냐."

누구도 모를 테니 누구보다 빠르게 저지를 결심을 굳히는 편집장이었다.

미국 한 언론사의 기사를 본 사람들은 터무니없다는 생각을 했다.

그도 그럴 것이 러시아에 있는 다른 나라의 부패 정치인, 그를 두고 다른 곳도 아닌 경제 기업인 마이스터가 정의를 위해 러시아와 싸운다는 게 믿기지 않았으니까.

돈에는 국경이 없다.

노형진이 하는 말이자 동시에 마이스터에서도 하는 말이다.

실제로 마이스터는 특정 국가의 정의와는 상관없이 투자해 왔는데, 그건 마이스터만이 그런 게 아니었다.

오죽하면 전 세계의 사람들이 투자회사와 대형 회사들더러 샹량핑의 따뜻한 젖꼭지를 빠는 게 그렇게 좋으냐고 빈정거릴 정도였다.

그랬기에 그런 자본주의의 첨병인 마이스터가 정의를 위해 러시아와 싸운다는 것을 누구도 믿지 않았다.

"이게 진짜라고?"

심지어 체르덴코조차도 말이다.

"네, 마이스터가 공식 발표를 했습니다."

한 언론사의 발표에 다들 마이스터로 몰려갔는데, 마이스터는 그 사실을 인정했다.

체르덴코는 기가 막혔다.

"그러니까 지금, 단순히 미카로프 그놈을 키르기스스탄으로 돌려보내겠다고 이 지랄을 하는 거라고?"

미국이라면 이해라도 한다. 미국의 자존심은 가히 하늘을 찌를 정도니까.

하지만 키르기스스탄이 어떤 나라인가?

구소련에서 독립한 수많은 나라 중에서도 가난한 나라에 속한다.

그렇다면 미래가 밝냐?

그것도 아니다.

일단 그들은 인구가 부족하다. 민주주의국가라지만 아직도 부패에 흔들리고 있다. 결정적으로 그들은 물동량조차도 움직이기 힘들다.

바로 위는 찢어지게 가난한 카자흐스탄이고, 오른쪽은 러시아와 혈맹이나 마찬가지인 중국의 신장 지역이며, 왼쪽은 키르기스스탄과는 원수 사이나 마찬가지인 우즈베키스탄이다.

실제로 우즈베키스탄과 키르기스스탄은 최근에도 지엽적인 분쟁을 일으키고 있고, 키르기스스탄 쪽 우즈베크인들이 우즈베키스탄에 분리 합병을 주장하다가 군에 제압되기도 했었다.

그리고 아래에는 키르기스스탄이랑 동급으로 가난한 타지키스탄이 있다.

즉, 그들이 물건을 만들어도 외부로 팔기 위해서는 오로지 비행기만 써야 한다는 소리인데, 이는 물류비가 비싸지기 때문에 수출조차 쉽지 않다는 소리이기도 하다.

국토가 바다를 접한다는 것은 그것만으로도 엄청난 기회를 창출할 수 있다는 뜻인데, 키르기스스탄은 그런 바다가 없다.

그런데 그런 나라를 위해 다른 나라도 아닌 러시아를 포기한다고?

"미친놈인가?"

체르덴코는 말도 안 된다는 듯 중얼거렸다.

"가장 중요한 건 현 상황이 우리에게도 좋지 않다는 것입니다."

"우리한테 안 좋다고? 어떤 면에서?"

체르덴코는 부하의 우려에 코웃음을 쳤다.

나라도 아닌 고작 기업이다. 그런데 그런 기업이 두려워서 나라를 운영 못 한다는 게 말이 된단 말인가?

"가장 큰 문제는 외화 반출이 생각보다 심하다는 겁니다."

"그래 봤자 250억 달러 정도잖아."

"그 이상이 나갈 수도 있습니다."

"뭐? 어째서?"

"마이스터는 지금까지 엄청난 투자를 성공시켜 왔습니다. 그런데 우리와 대립각을 세운다는 사실이 알려지면서 우리의 신용등급에 의심을 품는 사람들이 많아졌습니다."

"고작 그딴 이유로?"

'고작이 아니라…… 후우.'

물론 부하는 그것만이 이유가 아니라는 걸 안다.

사실 다른 이유가 있는데, 어떻게 보면 그게 가장 큰 이유다.

그건 다름 아닌 러시아, 아니 체르덴코의 대응법이 비현실적이라는 거다.

다른 정상적인 지도자라면 선택하지 않을 방식으로 마이스터에 싸움을 걸었다.

노형진이 노린 바였고 실제로 그렇게 움직였다.

물론 마이스터도 비정상적인 방식으로 대응하기는 했다.

하지만 그동안 마이스터는 수차례 비정상적인 행동을 해도 이익으로 연결하는 모습을 보여 온 반면, 러시아는 단 한 번도 그런 적이 없었다.

그리고 그건 사람들의 불안감을 자극했다.

경제 시스템은 생각보다 정밀하고 또 반응이 빠르다.

정상인 나라가 지도자 하나 잘못 들어와서 무너지는 경우는 전 세계에서 흔하게 벌어진다.

지도자의 정상적이지 않은 행동은 결국 한 나라의 방향성을 뭉개 버리기 때문이다.

하지만 그걸 말했다가는 홍차를 받을 필요도 없이 체르덴코가 바로 그의 머리에 총알을 박아 버릴 테니 부하는 차마 말할 수가 없었다. 여느 독재국가와 마찬가지로 말이다.

"그래서, 어느 정도의 자금이 빠져나갔지?"

"지금까지 대략 100억 달러의 자금이 빠져나갔습니다."

"얼마 안 되잖아?"

"그중에서 마이스터의 투자금은 10억 달러뿐입니다."

그 말에 체르덴코는 눈을 찡그렸다.

그 말은 90억 달러가 다른 사람들에 의해 빠져나갔다는 소리이기 때문이다.

"이게 심해지면 러시아 경제에 심각한 타격이 될 수도 있습니다."

"허? 고작 마이스터 그놈들 때문에 심각한 타격이 생긴다고?"

"현실적으로는 그렇습니다."

돈은 결국 흘러야 한다. 그리고 100억 달러는 절대로 적은 돈이 아니다.

마이스터와 싸운다는 이유만으로 그 정도 자금이 새어 나갔다면, 이 싸움이 커지면 나중에는 더 큰 문제가 생길 수도 있다.

"끄응."

그 말에 체르덴코는 잠깐 생각에 빠졌다.

물론 그 정도 돈이 빠져나간다고 해도 버티는 게 불가능한 건 아니다.

하지만 그는 계획해 둔 게 있고, 그게 이루어질 때까지는 내부의 불만을 잠재워야 한다.

자신의 영원한 제국을 세우기 위해서는 불만을 줄여야 한다. 그리고 아직은 그 준비가 끝나지 않았다.

"어쩔 수 없지. 적당히 용서해 줘야지."

"그 말씀은?"

"미카로프 그놈을 넘겨 버려."

미카로프가 중요한 인물이라면 아마도 싸워야 할 것이다.

하지만 미카로프는 중요한 인물이 아니다.

그가 미카로프를 보호한 건 키르기스스탄에서 쿰토르 광산이나 다른 재산적 이득을 취하기 위해서지, 진짜로 그가 자신의 지지 세력이라 보호해야 한다는 책임감이 있기 때문이 아니었다.

"넘기나요?"

"그래, 넘겨. 키르기스스탄 그 촌놈들에게 좀 받아 챙길 수 있을 거라 생각했는데 말이지."

하지만 그럴 수가 없다는 생각에 체르덴코는 눈을 찡그렸다.

"그리고 티 나지 않게 슬슬 조여 봐. 그놈들도 생각이 있으면 화해의 손길을 내밀 테니까."

"알겠습니다."

부하는 체르덴코의 말에 조금은 안도의 한숨을 내쉬었다.

아직은 정상적인 판단을 하고 있으니 말이다. 아직은.

⚖

한때 키르기스스탄을 지배했던 부패한 대통령 미카로프가

결국 키르기스스탄으로 넘겨졌다.

그는 끌려오면서 고개를 들지 못했다. 그리고 노형진의 예상대로 행동했다.

-감사합니다. 덕분에 우리가 훨씬 유리한 입장에서 협상을 진행할 수 있게 되었습니다.

차관의 목소리를 들으면서 노형진은 미소를 지었다.

"다행이네요. 약점이 제법 많은가 보군요."

-아셨나요?

"예상하는 게 어렵지는 않지요. 쿰토르 광산의 이익까지 일부 포기하고 그놈을 잡아 오려고 하시려는 걸 보면 말입니다."

애석하게도 도망친 독재자는 넘쳐 나지만, 본국에서는 그놈들을 전부 기를 쓰고 잡으려고 하지 않는다.

그놈들을 잡는 게 힘든 탓도 있지만, 가장 큰 이유는 독재자를 잡아 오는 경우에 내부에 있던 그 독재자의 지지 세력이 들고일어날 가능성이 있기 때문이다.

90%가 독재자를 처단하길 원해도 10%가 그가 다시 대통령이 되기를 원한다면 그게 내전의 원인이 될 수도 있으니까.

그럼에도 불구하고 키르기스스탄 정부에서 어떻게든 미카로프를 잡아 오려 했다는 것은 아마도 그가 가진 정보가 글레임에 치명적이라는 걸 알고 있었기 때문일 것이다.

-감사합니다. 덕분에 우리 나라가 좀 더 살기 좋아질 것 같습니다.

"별말씀을요."

─투자는 쿰토르 광산의 소유권이 우리 측에 넘어오면 확정하도록 하지요.

"네, 그때 뵙도록 하지요."

노형진은 그렇게 통화를 마치고 핸드폰을 내려놨다.

그런 그의 옆에는 로버트가 서 있었다.

"노 변호사님, 말씀하신 대로 일은 진행했습니다. 그리고 마이스터에 추가적으로 전쟁 자산에 투자하라고 했습니다."

"잘하셨습니다."

"그런데 진짜로 러시아가 전쟁을 일으킬까요?"

"글쎄요."

노형진은 많은 것을 바꿨다.

하지만 개인이 바꿀 수 없는 것도 있다. 하물며 한국도 아닌 독재국가인 러시아를 막을 수 있을까?

"때때로는 막을 수 없는 것도 있더군요."

그는 그렇게 말하면서 안타까운 시선으로 창밖을 바라볼 뿐이었다.

다음 권으로 이어집니다